汉魏六朝赋

【阅读中华经典】

卢世民
肖玉峰 编著

主编 傅璇琮
副主编 黄道京 马晓乐

五帝的礼法各不相同，三王的音乐也不一样。事物发展到极点就自然要发生变化，倒不是故意要互相反对。德政既然不能拯救社会的混乱，刑罚难道能够惩治时代的混浊？春秋是祸乱的开始。战国更加重了人民的苦难。秦汉没有能超过春秋战国，反而给人民造成了怨恨和惨痛。当政的哪管百姓的死活，只是为了满足一己的欲望。

泰山出版社

序

傅璇琮

　　这套《阅读中华经典》，是打算将我国具有悠久历史而又绚烂多彩的古典文学作品系统地介绍给广大青少年，通过注释、今译和赏析，努力克服语言和文化知识方面的一些困难，让青少年能直接接触古典文学的精华，使他们从少年时代起就对我们伟大祖国的光辉文明有清晰的了解和深切的印象。

　　广大青少年在当前改革、开放的新时期中，思想非常活跃。他们迫切需要了解社会、了解自身，他们希望了解世界的历史和现状，更希望了解中国的历史和现状。中国是一个文明古国，又处在变化发展十分强烈的当今世界中，青少年一定会从现实的千变万化、五光十色中来探索我们民族过去走过的道路，想了解这个有数千年历史的传统文化怎样给现实以投影。我们觉得，在这当中，古典文学会首先引起他们的注意和兴趣。

　　据说，多年前，北京有一所工科学院，它的专业与唐诗宋词没有多大关系，但学校却为学生开设了一门唐诗宋词的选修课，结果产生了原来预想不到的效果。学生们读完了这门课程，激发了爱国心和民族自豪感。他们知道世界上除了托尔斯泰、雨果、海明威之外，在我国历史上早就有了屈原、李白、杜甫、陆游、辛弃疾等许多非常伟大的文学家，早就有了无数优秀文学作品。这就向我们启示：在古典文学界，除了专门论著之外，还应做大量的普及工作。我们应当力求用通俗、生动、准确、优美的文笔，向广大群众、广大青少年介绍我国丰富的文学遗产，介绍我国数千年的历史长河中涌现出来的众多优秀作家、艺术家，介绍我国古代作品中的精品，使他们懂得我们民族的文学中自有它的瑰宝，足可与世界各国的文学相媲美，使他们开阔眼界，增长见识，提高文化素养和审美趣味。这对于培育爱国主义思想，加强对祖国和民族的爱，提高道德情操，丰富精神文化生活，都会起很大的作用。列宁曾说过，只有用人类创造的全部知识财富来丰富自己的头脑，才能成为共产主义者。在一定的条件下，知识是可以转化成觉悟，转化成品格的。有着较高文化素养的人，对于正确与错误，高尚与卑鄙，善与恶，美与丑，更易于作出准确的价值选择。而文化素养中，文学是不可或缺的部分，它往往能在潜移默化、对世界美好事物的多方面领略和摄取中影响人的内心和精神面貌。这是文学的社会功能的特点，也可以说是它自己的规律，这是一种整体性的修养和培育。

　　这套《阅读中华经典》是我国古典文学启蒙读物，就是从上面所说的宗旨出发，一是介绍知识，二是提供对古典佳作的一种美的选择，美的品尝。如果广大读者特别是青少年能从中得到某些启发，从而有助于自身文化素养和情操的提高，就将是我们最大的满足。

　　这套读物是采取按时代编排的做法，远起上古神话，下及《诗经》、楚辞、先秦散文、秦汉辞赋、乐府古诗、唐诗宋词、元明清诗文及戏曲小说。这样成系统地类似于教材编写的做法，能否为大家接受？我们认为：第一，这是一次试验，我们想用这种大

汉魏六朝赋

剂量的做法来试试我们处于新时期中青少年的胃口和消化能力；我们对他们的接受能力和审美水平有充分的信心。第二，我们采取既有系统而又分册出版的办法，在统一编排中照顾到一定的灵活性，读者可以根据自己的爱好，选择自己感兴趣的一部分阅读，不必受时代先后的束缚，兴趣有了提高，可以逐步扩大阅读范围。第三，广大教师和家长们一定能给予正确的指导。目前中小学语文课本中古典作品的分量不多，这套读物正好对此做必要的补充，青少年当可以在语文课之外获得更多的知识，而老师们和家长们的正确引导和指点，无疑会进一步消除阅读中的难点，从而提高阅读的兴趣。如果老师们和家长们能事先浏览，再进而做具体的帮助，则这套读物当更能发挥其系统化的优点。

对作品的注释，考虑到青少年读者的特点，将尽可能浅显，这是克服语言障碍的最基本一环。今译的目的，一是补充注释之不足，使读者对文意能有连贯的了解；二是增加阅读的兴味，使读者对原作的思想和艺术有一个整体的感受。另外，我们还尽可能帮助读者做一些分析，以有助于认识和欣赏作品的思想意义和艺术价值。同时，结合每一时期的文学发展和文体演变，我们还做了一些文学史知识介绍。这些介绍是想对学校教学因课时所限做若干辅助讲解，青少年如能对这些方面的知识有一个大致的掌握，对进一步了解古典文学的历史发展和不同风貌，一定会有较大帮助。

最后应当说明的是，参加这套读物选注工作的，大多是中青年作者。他们在繁忙的本职工作之余，从事于此，有时往往为找到一个词语的正确答案,跑图书馆翻书,找人请教,表现了认真负责的态度和普及文化知识的可贵热情。

　　另外,这套丛书能与广大青少年读者见面,是和泰山出版社的大力支持分不开的,他们为此付出了辛勤的劳动。在这里谨向他们表示深深的谢意!

前言

在我国文学发展史上，赋是一种很重要的文学体裁。它产生于周朝末期，发达于两汉，发展于南北朝。在相当一段历史时期内，赋一直是文学创作的重要文体之一，所谓"诗词歌赋"，赋正是其中的一项。

"赋"字的含义是"陈述铺叙"。我国古代南北朝时的文学理论家刘勰说："赋者，铺也，铺采摘（chī）文，体物写志也。"（《文心雕龙·诠赋》）我国古代第一部诗歌总集《诗经》有六义之说："一曰风，二曰赋，三曰比，四曰兴，五曰雅，六曰颂。"这第二项"赋"，指的就是这种体物铺陈的手法。

在我国文学史上，第一个以"赋"名篇的作家是荀况。荀况所处的战国后期，正是我国政治、经济发生急剧变革的时代，百家思想极为活跃。当时四言体诗日趋僵化，散文已登上历史舞台，思想家们正在寻找新的文体以抒情言志。于是屈原创造了骚体，即楚辞；比屈原稍后三四十年，荀况的兼有韵散特点的赋体便问世了。荀况有五篇赋作留于后世，如《礼赋》、《云赋》、《蚕赋》等，大多用自问自答的形式，以咏物说理。

继荀况之后，楚辞家宋玉又发展了荀赋。宋玉吸收楚辞的特点，在语言句式上，在铺陈描写上，在对问结构上，将赋体大大向前推进了一步。宋玉的赋作较多，有《风赋》、《登徒子好色赋》等名篇。后世有"荀赋导源于前，宋赋扬波于后"之说。

赋体到了汉代，进入空前发展阶段。汉初首先发展起来的是骚体赋。这是一种从体制到语言句式都极力模仿楚辞的赋体,可见楚辞对汉赋的影响,因此后来有人将辞、赋并称。著名的骚体赋有贾谊的《吊屈原赋》,司马相如的《长门赋》,班彪的《北征赋》等。随着汉朝经济的繁荣,帝国的强盛,统治者的奢欲日益高涨,只有华丽典雅的散体大赋才能"润色鸿业",以应其时,由于王侯贵族的极力提倡,辞赋成了一些文人的进身之阶,他们争相制作,风靡一时。散体赋篇幅长,分"首"、"中"、"尾"三部分,多采用主客对话方式。"首"是引子,"中"是正文,"尾"是带有讽戒性的结语,不像骚体赋那样通篇有韵,首尾用散文。散体赋辞藻丰富,文采华丽,采用类比、夸张、拟人、对偶等多种手法描写事物,力求穷形尽相,造成雄厚气势。散体赋大家很多,其作品如枚乘的《七发》,司马相如的《子虚赋》、《上林赋》,扬雄的《甘泉赋》,班固的《两都赋》,张衡的《西京赋》、《东京赋》等都很有名。除骚体赋和散体赋之外,汉代还有很多篇幅较短的抒情小赋。小赋一般篇幅较短,不采用散体大赋那种问答形式和韵散间出的结构,而是通篇押韵的韵文,读起来活泼清新,琅琅上口。著名的抒情小赋有扬雄的《逐贫赋》,张衡的《归田赋》、赵壹的《刺世疾邪赋》,蔡邕(yōng)的《述行赋》等。由于汉赋基本上不讲求对仗和声律,后人又把两汉的辞赋称为古体赋。

到了魏晋时期,赋体又有了新的发展,开始追求对仗和声律,后人将这种赋叫做俳(pái)赋,又称骈(pián)赋。俳,是俳偶;骈,是骈拇。俳和骈都是指字句上的对仗。魏晋时期的著名作家作品有:王粲的《登楼赋》,曹植的《洛神赋》,张华的《鹪鹩赋》,向秀的《思旧赋》,潘岳的《秋兴赋》,左思的《三都赋》,陆机的《文赋》、《叹逝赋》,陶渊明的《闲情赋》和《归去来兮辞》等。

骈赋盛行于南北朝时期,在对仗、用典上更加刻意追求。这个时期几乎无文不骈,形成一种骈风。孙梅在《四六丛话》中说:

"左、陆以下，渐趋整炼；齐、梁而降，益事研华，古赋一变而为骈赋。江、鲍虎步于前，金声玉润；徐、庾鸿骞于后，绣错绮文；固非古音之洋洋，亦未如律体之靡靡也。"这段话既说明了赋从古到骈的演变过程，又概括了骈赋的主要特征。骈赋不像古赋（主要是散体赋）篇幅那样大，骈赋除用韵与古赋基本相同外，它的骈偶和用典是区别于古赋的最显著的特点。著名的骈赋很多，如谢惠莲的《雪赋》，鲍照的《芜城赋》，谢庄的《月赋》，江淹的《恨赋》、《别赋》，庾信的《哀江南赋》和《小园赋》等。

骈赋到了唐、宋时期又有了新变化。一是受科举制度的影响，发展成律赋。律赋在骈赋对仗的基础上，又加上了严格的限韵，成了考场上的文字游戏。律赋的好作品不多，只有白行简的《五色露赋》较为出名。二是骈赋受古文运动的影响产生了文赋。文赋以散代骈，句式多变，用韵随便，清新流畅，赋体又获得了新生。杜牧的《阿房宫赋》，欧阳修的《秋声赋》，苏轼的《赤壁赋》等都是文赋中有代表性的作品。

赋体到了清代，由于受八股文的影响，已完全走入了末路。

总之，赋起源于韵文《诗经》和《楚辞》，却又具有散文的显著特点，它在我国古代文学史上一直是一种独立的文体，而且在相当一段历史时期内还占有很重要的地位，因此，赋是我国古典文学的重要组成部分。今天我们学习和研究赋，从内容到形式，仍然可以在艺术上得到有益的借鉴。

另外需要说明的是，本书在编写过程中，得到了中华书局许逸民先生的具体指导，并由他亲自审定了全部书稿。在此谨致以深切的谢意。

汉魏六朝赋

目录

吊屈原赋①

贾 谊

恭承嘉惠兮,俟罪长沙②。侧闻屈原兮,自沉汨罗③。造托湘流兮,敬吊先生④。遭世罔极兮,乃殒厥身⑤。

　　呜呼哀哉！逢时不祥⑥。鸾凤伏窜兮，鸱枭翱翔⑦。阘茸尊显兮，谗谀得志⑧；贤圣逆曳兮，方正倒植⑨。世谓随、夷为溷兮，谓跖、蹻为廉⑩；莫邪为钝兮，铅刀为铦⑪。吁嗟默默，先之无故兮⑫！斡弃周鼎，宝康瓠兮⑬。腾驾罢牛，骖蹇驴兮⑭；骥垂两耳，服盐车兮⑮。章甫荐履，渐不可久兮⑯；嗟若先生，独离此咎兮⑰！

　　讯曰⑱：已矣！国其莫我知兮，独壹郁其谁语⑲？凤漂漂其高逝兮，固自引而远去⑳。袭九渊之神龙兮，沕深潜以自珍㉑。偭蟂獭以隐处兮，夫岂从虾与蛭螾㉒？所贵圣人之神德兮，远浊世而自藏㉓。使骐骥可得系而羁兮，岂云异夫犬羊㉔？般纷纷其离此尤兮，亦夫子之故也㉕。历九州而相其君兮，何必怀此都也㉖？凤凰翔于千仞兮，览德辉而下之㉗。见细德之险征兮，遥曾击而去之㉘。彼寻常之污渎兮，岂能容夫吞舟之巨鱼㉙？横江湖之鳣鲸兮，固将制于蝼蚁㉚。

讲一讲

　　贾谊（前201年～前169年），西汉时洛阳（今属河南）人，是汉初杰出的政论家，也是汉赋最早的作家之一。他自幼好学，以精通诸子百家和《诗》、《书》著称。二十多岁被汉文帝征召为博士（即掌管文史典籍的官），一年后又升为太中大夫。他曾向文帝提出许多改革政治的建议，遭到周勃、灌婴等权贵的妒忌和毁谤，后被贬为长沙王太傅（老师）。他的政治主张得不到实现，很不得意，上任经过湘水，有感于屈原的遭遇而写了这篇《吊屈原赋》，拿屈原来自比。几年以后，他又被召回京师，做了文帝之子梁怀王的太傅。后梁怀王从马上摔下来死了,他感到自己没有尽到职责而终日哭泣,一年以后,便郁闷而死,年仅三十三岁。

① 吊:祭奠,悼念死者。

② 嘉惠:美好的恩惠,指皇帝任命他做长沙王太傅的诏命。俟(sì)罪:等待皇帝降罪,指做官,这是古代做官上任时的谦虚说法。长沙:汉代异姓王国,在今天的湖南省东部。汉高祖封吴芮(ruì)为长沙王,贾谊是去做吴芮玄孙吴差的太傅。

③ 侧闻:从旁人那里听说。沉:投入,指屈原忧国忧民投波汨罗河而死的事。汨(mì)罗:河名,在今天的湖南省东北部,流入洞庭湖。

④ 造:到。托湘流:把吊文托付给湘江,以寄托对屈原的悼念之情。古人认为汨罗流入湘水,所以托湘水而吊。先生:对屈原的尊称。

⑤ 世:指社会。罔:无,没有。极:标准。罔极:无极,无中正之道,形容社会的昏暗。殒(yǔn):死亡。厥:同"其",他的。

⑥ 呜呼哀哉:表示极度的悲伤。呜呼:叹词。哀,悲痛。逢时:遇到的时运,命运。不祥:不吉祥,指社会的混浊、黑暗。

⑦ 鸾:古代传说中的神鸟。凤:凤凰,古代传说中的百鸟之王。伏窜:隐藏、逃跑。鸱(chī):猫头鹰。枭(xiāo):外形与猫头鹰相似的鸟。古代常把鸾凤比做贤能的人,把鸱枭比做小人、坏人。翱翔:自由飞翔。

⑧ 阘(tà)茸(rǒng):阘为小户,茸为小草,用来形容微贱,这里指平庸无能的人。尊显:指地位尊贵显耀。谗(chán):说别人的坏话。谀(yú):奉承,讨好。

⑨ 逆曳:倒着拉,倒行逆施。倒植:倒立。这句说,贤德的人

不能顺着正道行事,正直的人反而放在低下的位置。

⑩ 随:卞随,殷代的贤士,传说商汤灭夏以后,要把天下让给他,他认为可耻,于是投水自杀。夷:伯夷,也是殷代的贤士,传说周武王伐纣时他坚决反对,周朝建立以后,他发誓不吃周朝的粮食,在首阳山饿死。封建社会认为卞随、伯夷都是有骨气的人。涽(hún):混浊。跖(zhí):春秋末年奴隶起义的领袖,被诬称为"盗跖"。跻(qiāo):庄跻,战国时奴隶起义的领袖。封建统治者把跖、跻并提,说他们是大盗。廉:廉洁、清廉。

⑪ 莫邪(yē):古代宝剑名。铅刀:铅制的刀。铦(xiān):锋利。

⑫ 吁嗟(xū jiē):感叹词。默默:沉默,不得志的样子。先:先生,指屈原。无故:无缘无故遭受灾祸。

⑬ 斡(wò)弃:抛弃。周鼎:周朝传国的宝器,这里比喻杰出的人才。康瓠(hú):空器物,比喻庸才。宝:这里做动词用,即把康瓠当做宝器。

⑭ 腾:乘,驾。罢(pí):同"疲",疲劳。骖(cān):古代车前辕马边上拉帮套的马,这里也是做动词用,即让蹇驴做骖拉套。蹇(jiǎn):跛足、瘸。

⑮ 骥(jì):骏马,好马。垂两耳:马负重吃力的样子。服:驾车。古代有马车牛车之分,马车高贵,载人或作战车;牛车一般只用来运货物。联系上句,比喻皇帝摒弃贤才而重用无能的人。

⑯ 章甫荐履:把礼帽垫在脚下当鞋子穿着走路,比喻让贤能的人居低等的地位。章甫,古代一种礼帽。荐,垫。履(lǚ),鞋子。渐,短暂。

⑰ 离:同"罹(lí)",遭受。咎(jiù):灾祸。这句是感叹屈原

遭受的不幸待遇。

⑱ 讯(xùn)：古代辞赋最后总括全篇要旨的一段，也就是结语。也有人认为讯即是问，"讯曰"以下三句是假设屈原的问话。

⑲ 国：指天下、世上。莫我知：即莫知我，没有人了解我。《离骚》："已矣哉！国无人莫我知兮，又何怀乎故都！"独：独自。壹郁：同抑郁，心有怨恨而不能申诉的烦闷。谁语：即语谁，向谁诉说。

⑳ 漂漂：同"飘飘"，飞翔的样子。逝：离去。固：原来。引：高举。去：离去。

㉑ 袭：沿袭，效法。九渊：极深的水潭。神龙：古代传说中一种神异的动物。沕(mì)：深藏。自珍：自我珍惜。

㉒ 偭(miàn)：背离。蛸(xiāo)：一种像蛇的四脚水虫，吃鱼。獭(tǎ)：水獭，也是一种吃鱼的动物。蛭(zhì)：水蛭，俗称蚂蝗，吸人畜的血。蚓(yǐn)：通"蚓"，蚯蚓。岂：副词，难道。

㉓ 贵：珍贵。神德：高尚的德行。远：远离。浊世：混浊的社会。

㉔ 使：假使。骐骥：骏马。系(jì)：扣，拴住。羁(jī)：把马笼头套在马上。夫：代词，那。这句说，假如骏马也用绳子把它拴起来，那它跟狗羊还有什么两样呢。

㉕ 般：同"盘"，盘旋不走。纷纷：纷乱的样子。尤：忧患，灾祸。子：指屈原。故：缘故。

㉖ 历九州：指屈原去游说诸侯各国。相：考察、选择。其君：指其他诸侯国的国君。此都：楚国的国都，代指楚国、楚王。

㉗ 千仞：形容极高。仞(rèn)是古代量度单位，一仞为七尺或八尺。览：看。德辉：指人君的道德光辉。下：落下，指找到贤

君后就去辅佐他。之：代词，他，指有德辉的国君。

㉘ 细德：卑小之德。细，小的意思。险征：危险的征兆。曾：同"层"，重叠，这里指飞得很高。击：用力飞。

㉙ 寻：长八尺，常：长十六尺。寻常，形容短小。污：停积不流的水。渎(dú)：小水沟。

㉚ 横江湖：由于失水而横摆在江湖边上。鳣(zhān)：一种大鱼。鲸：俗称鲸鱼，体长可大三十多米，也是一种大鱼。固：必然，一定。制：控制，挟制。

译过来

承蒙皇帝给予美好的恩惠啊，我能调任去长沙国。听说楚国大夫屈原啊，因为受到排斥而投进了汨罗河。到湘江边寄托我的哀思啊，把我吊念先生的感情对着湘水说。他遇到的世道昏暗不清啊，就把宝贵的生命葬于漩涡。

唉，这是多么令人悲痛的事啊！他生活的世道实在是昏暗不祥！那些鸾鸟凤凰都藏起身啊，而猫头鹰们却在自由飞翔！平庸无能之辈尊贵显赫啊，阿谀奉承的小人得志猖狂。贤能的人不能顺着正道行事啊，正直的人地位低下不适当。说什么卞随、伯夷的品德混浊不好，却把盗跖(zhí)、庄跷(qiāo)说成清廉高尚。说是莫邪(yé)宝剑太粗太钝啊，而铅制的破刀反倒锋利快当！先生忍受着悲愤不得志，无缘无故遭到陷害中伤！抛弃了价值连城的传国宝鼎，却把破烂的空瓠(hú)当宝贝一样！驾着疲惫的牛车还洋洋得意，让瘸腿的驴子拉套成什么样！骏马负重垂着双耳，拉着运盐的车真是苦难当。高贵的礼帽垫在脚下当鞋穿，这样子走路怎么能久长。我为先生感到痛苦啊，他独自遭受了这种祸殃！

屈原说：算了吧，世上没有人了解我啊，心中的抑郁向谁叙？凤凰飘飘高飞走啊，那是它自己避开浊世而远去。学习深潭里的神龙啊，自我珍惜把身藏起。躲开害人的蝾与獭（tǎ）啊，怎能与虾蛭蚯蚓同生息？珍惜那圣人般的品德啊，远远地离开浊世等待时机。假如骏马被拴住啊，能说与狗羊有何异？在纷乱的时代里遭祸啊，先生自己也有责任。游历中原大地去找贤君啊，何必怀恋楚国不离去？凤凰高飞上千仞啊，找到贤君再落地；看见小人要加害的苗头啊，赶紧离开高飞去。那些平平常常的小水沟啊，怎能容下能吞船的大鱼？鳣（zhān）鲸失水露在江湖的岸边上啊，也必然被困住而害怕蝼蛄（lóu gū）和蚂蚁。

《吊屈原赋》全篇可分为三段。第一段近似一篇小序，说明作赋的缘由。贾谊在朝廷受周勃等人的排挤，失去了文帝的信任，贬官去长沙。他路过湘水，想到楚国的屈原由于受子兰、上官的陷害，失去楚王的信任，曾流放湘江，投汨罗河而死，与自己的遭遇相似，于是，便借凭吊屈原来抒发个人不得志的愤慨。

第二段是正文。贾谊先哀叹屈原生不逢时，接着使用多种比喻，极力铺陈混浊世道的种种弊端。作者用"鸾凤"、"贤圣"、"方正"、"随夷"、"莫邪"、"周鼎"、"骥"、"章甫"，比喻正道高洁的屈原；用"鸱枭"、"阘茸"、"谗谀"、"跖蹻"、"铅刀"、"康瓠"、"罢牛"、"蹇驴"比喻邪恶无能的小人，悲叹楚王被这样的小人包围着，使坚守正道的屈原遭受灾祸。贾谊自己正是因为受到权贵的妒嫉被贬长沙的，这里就是通过讲述屈原的不幸遭遇表达自己怀才不遇的悲愤和对当时昏暗局面的不满。

第三段是尾声，总括全篇，发表议论。"已矣"两字，是作者哀痛已极的慨叹。贾谊把对屈原的同情和对浊世的愤恨都浓缩在这两个字上。"国人莫我知兮，独壹郁其谁语？"贾谊在这里借屈原之口，抒发对混浊昏暗社会的控诉，以及对个人遭遇的叹息，但是贾谊比屈原也有不同的处世态度，他开导屈原说：你应该像凤凰那样"漂漂而高逝"，或者效法九渊的神龙"深潜以自珍"，待机而动，不该怀才投水而死。他又说：屈原凭借自己的"神德"，可以"历九州"说诸侯，总会有施展才干的机会，何必怀恋楚国，被制于蝼蚁呢？这是愤激之词，正话反说。因为贾谊与屈原境遇相似，他虽然采取了"自珍"、"深潜"的策略，在长沙做太傅，"深藏"了四年，被召回京，仍不得志，其结果并不比屈原好多少。

逐贫赋

扬 雄

扬子循世,离俗独处①。左邻崇山,右接旷野。②邻垣乞儿,终贫日窭③。礼薄义弊,相与群聚④。惆怅失志,呼贫与语⑤。

"汝在六极,投弃荒遐⑥。好为庸卒,刑戮相加⑦。匪惟幼稚⑧,嬉戏土沙。亦非近邻,接屋连家。恩轻毛羽,义薄轻罗⑨。进不由德,退不受呵⑩。久为滞客,其意若何⑪?人皆文绣,余褐不完⑫。人皆稻粮,我独藜餐⑬。贫无宝玩⑭,何以接欢?宗室之宴,为乐不期⑮。徒行负赁,出处易衣⑯。身服百役,手足胼胝⑰,或耘或耔,露体露肌⑱!朋友道绝,进官凌迟⑲。厥咎安在?职汝为之⑳!舍汝远窜,昆仑之巅㉑,尔复我随,翰飞戾天㉒;舍尔登山。岩穴隐藏,尔复随我,陟彼高冈㉓,舍尔入海,泛彼柏舟㉔,尔复我随,载沉载浮㉕。我行尔动,我静汝休,岂无他人,从我何求,今汝去矣,勿复久留。"

贫曰:"唯唯,主人见逐,多言益蚩㉖;心有所怀,愿得尽辞㉗。昔我乃祖,宣其明德㉘,克佐帝尧誓为典则㉙。土阶茅茨，匪雕匪饰㉚。爰乃季世，纵其昏惑㉛。饕餮之群，贪富苟得㉜。鄙我先人，乃傲乃骄，瑶台琼室，室屋崇高㉝；流酒为池，积肉为肴㉞。是用鹄逝，不践其期㉟；三省我身，谓予无愆㊱。处君之所，福禄如山，忘我大德，思我小怨。堪寒能暑，少而习焉㊲，寒暑不忒㊳，等寿神仙。桀跖不顾，贪类不干㊴，人皆重闭，子独露居㊵，人皆怵惕，子独无虞㊶。"

　　言辞既罄，色厉目张㊷。摄斋而兴㊸，降阶下堂，"逝将去汝，适彼首阳㊹。孤竹之子㊺，与我连行。"余乃避席，辞谢不直㊻："请不贰过，闻义则服㊼。长与尔居，终无厌极！"贫遂不去，与我游息㊽。

讲一讲

　　扬雄（前53～18）：西汉著名文学家、哲学家、语言学家。字子云，蜀郡成都（今属四川）人。他幼时好学，博览群书。中年入京师，向成帝献《羽猎赋》等，被召为给事黄门郎，王莽政权时转为大夫。他早期作赋多从形式上模仿司马相如，后又认为"辞赋非贤人君子诗赋之正"，"雕虫篆刻，壮夫不为"，转而研究哲学、语言学，均有所建树。扬雄的著作除赋外，还有《法言》、《太玄》、《方言》等。《逐贫赋》是扬雄辞赋的代表作品之一。

　　① 扬子：扬雄自称。遁（dùn）世：逃离世俗，指隐居深山。

　　② 崇山：高山。旷野：空阔的原野。

　　③ 邻垣：邻居，垣（yúan），指矮墙。乞儿：讨饭的人。窭（jù）：贫寒。

　　④ 弊：弊病，害处，这里作缺乏解。

　　⑤ 惆怅（chóu chàng）：伤感，失意。

　　⑥ 汝：你，指贫穷，这里把贫拟人化了。六极：即"六殛"，指天给予人的六种惩罚。《尚书·洪范》："六极，一曰凶短折，二曰疾，三曰忧，四曰贫，五曰恶，六曰弱。"遐（xiá）：远。

　　⑦ 庸：同"佣"，雇用。戮（lù）：杀。

　　⑧ 匪：同"非"，不是。惟：语气词。

　　⑨ 罗：稀疏而轻软的丝织品。

　　⑩ 呵（hē）：大声斥责，呵斥。

　　⑪ 滞客：久留不去的客人。滞：指水不流通。

　　⑫ 文绣：华丽的衣服。褐：粗麻制作的衣服。

⑬ 稻粱:指吃的精细的粮食。藜餐:拿野菜当饭吃。

⑭ 宝玩:家藏的宝物。

⑮ 宗室:宗族。不期:没有日期。

⑯ 徒行:徒步旅行。赁(lìn):租赁,这里是指给人做雇工。出:指外出。处:指在家里。易:交换。

⑰ 百役:多种劳役。胼胝(pián zhī):手脚因劳动摩擦而长出的茧子。

⑱ 耘:耕耘,指为庄稼除草。籽(zǐ):为庄稼培土。霑(zhān):浸湿。

⑲ 道绝:道路断绝,指不来往。凌迟:上升的迟缓,指仕途不佳。

⑳ 厥:其,他的。咎(jiù):罪责。职:同"只",惟。

㉑ 舍:放弃,不要。窜:躲藏,奔逃。巅(diān):顶端。

㉒ 尔:代词,你。复:再,又。我随:即随我。跟着我。翰(hàn)飞:高飞。戾(lì):至、到。

㉓ 陟(zhì):登高、上升。彼:那个。

㉔ 柏舟:柏木做的小船。

㉕ 载:语助词,无意义。

㉖ 唯唯:语气词。见:同"现",现在。蚩:同"嗤",嘲笑。

㉗ 怀:心里藏着某种思想感情。尽:完,毕。

㉘ 昔:指过去,从前。乃:语气词。宣:发扬,宣扬。

㉙ 克:胜任。佐:辅佐。尧:唐尧,传说古代贤明的君主。誓:发誓。典则:指法则、制度。

㉚ 茅茨:指茅屋。雕:刻画。饰:装饰。

㉛ 爰(yuán):于是。季世:末世。纵:放任,放纵。昏惑:昏

暗迷惑。

㉜ 饕餮（tāo tiè）：传说中一种贪食的恶兽。这里形容贪婪凶残的人。苟：苟且。

㉝ 瑶：美玉，像玉一样的石头。琼：美玉，形容美好的事物。

㉞ 肴：同"崤"，这里指山。

㉟ 鹄（hú）：黄鹄，一种水鸟。逝：去。践：履行，这里是追随的意思。

㊱ 三省我身：语出自《论语》："吾日三省吾身。"是说我每天多次反省自己，意思是对自己要求很严格。省（xǐng）：检查、反省。愆（qiān）：过失，过错。

㊲ 堪：指能够忍受。能：同"耐"，忍耐。少：指少年、青年。习：习惯。

㊳ 忒（tè）：差误。

㊴ 桀（jié）：夏桀，夏代的暴君。跖：春秋时奴隶起义的领袖，被污称为"盗跖"。这里指盗贼。贪：对某种事物的欲望总不满足。干：冒犯。

㊵ 重闭：关上几道门。

㊶ 怵惕（chù tì）：恐惧警惕。虞（yú）：忧虑。

㊷ 罄（qìng）：空，尽。厉：严厉。

㊸ 摄斋（zī）：提起衣服，斋是衣服的下缝。兴：起。

㊹ 逝：同"誓"，发誓。去：离开。适：到。彼：那。首阳：山名，在今天的山西省永济县南。传说周武王伐纣灭商后，伯夷、叔齐隐居在首阳山，他们立志不吃周朝的粮食而饿死。

㊺ 孤竹之子：指伯夷、叔齐，他们是商朝孤竹君的儿子。

㊻ 避席：离开座席。古人待客坐在席子上，客人走时主人离

开席子表示恭敬和挽留。不直：不当，不合适。

㊼ 贰过：重犯过失。服：信服，佩服。

㊽ 游息：行走止息，指形影不离。

　　扬子逃避时世，离开人群隐居。左边是高山，右边接旷野。邻居是乞儿，终是贫且苦。礼薄义又少，相聚一起住。伤感没志趣，叫贫听我述：

　　"你在'六殛(jí)'之列，应扔到遥远的荒郊。情愿受雇当小卒，该施加刑法把你杀掉。我们不是幼小一起玩过沙土的朋友，又不是房子相连的亲近邻居。恩轻如羽毛，义薄似罗纱。来不是因为有德，去也不遭到责骂。长久留住不肯走，到底为了什么？别人穿锦绣，我穿破布衣，别人吃稻粮，我把野菜挖。家贫无宝物，哪会有朋友来相聚。家里要快乐，没有那一天。我徒步走路去受雇于人，出门时却没有合季的衣衫。一身服百役，手脚都磨出了茧皮。除草又培土，汗水湿透了裸露的肌肤。朋友往来寥寥无几，升官更是遥遥无期。过错在何处？只因为有了你。离开你远逃，逃到极远的昆仑去，你仍然紧紧跟着我；飞到天边，离开你去登山，到岩穴中隐藏，你还是紧紧跟着我，爬上山冈。离开你去下海，划着船漂来漂去，你照旧紧紧跟着我，沉浮在海面上。我走你也动，我止你就停。难道没有别人吗？老跟着我有什么要求？现在你快离开吧，别在我这里久留。"

　　贫说："是啊是啊，主人现在赶我走，说了很多嘲笑话。我心里有些想法，愿意跟你说一说。过去我的老祖宗，发扬了他的美

汉魏六朝赋

德。能够辅佐唐尧帝,成了典范和法则。住的是土台茅屋,从没有刻画雕饰。可是到了末世,放任了他们的昏惑,成了一群贪食的恶兽,贪图富贵,而苟且生活。他们鄙视先人,骄傲放纵,住的瑶台琼室,华丽高大。美酒流成池塘,积肉堆成山样。'贫'像水鸟一样飞去了,再见不到他的踪影。再三反省我自己,想来我还是没过错。处在你的地位,福气已经不小,你忘了我的大德,只记住我的小怨。有我在你能忍耐寒暑,从小便已习惯。寒暑并没有感到差别,长寿得跟神仙一般。盗贼不来光顾,小偷也不敢冒犯。别人都要关闭门户,你却可以敞门睡大觉。别人经常害怕,你却可以放心无忧虑。"

贫的话已经说完,脸色严厉瞪双眼,提衣站起身,下阶出门去:"我这就离开你,去到首阳山,孤竹君的儿子,将跟我做伴。"我赶忙站起来,连声说自己说话不当:"请允许我不重犯此种错误,你说的话使我心服。今后长久地跟你住在一起,永远没有厌烦的时候。"贫于是不再离去,跟我形影不离。

帮你读

《逐贫赋》是一篇类似寓言的作品,通篇为四言句式,语言通俗易懂,读来饶有情趣。作者采用拟人化手法,通过与"贫"的对话,描述了作者从开始对贫大加训斥,要贫"勿复久留",到最后听了贫的一番叙述,又对贫"辞谢不直",要贫"与我游息"的整个思想转变过程。实际上本篇的宗旨不是"逐贫",而是"留贫",表达的是作者安贫乐道的封建士大夫思想。它立意新颖,构思也十分巧妙。

全篇可分为四段。

第一段为赋的开头，写作者"离俗独处"，终日与乞儿相聚厮守，贫困交加，"惆怅失志"，作者不满意这种贫困现状，异想天开地把"贫"叫过来，要对它说话。古人作赋采取设人对答的形式阐明自己观点的作品不少，但是把贫困这样一种社会现象拿来对话并不多见，这是扬雄的独创。所以读起来十分新鲜，很容易引起读者的兴趣，作者到底要对贫说什么呢？人们急着要读下去。

第二段是作者对"贫"说的话，可分几个层次来读。首先作者点明，贫是六种人类不幸事情之一，应该"投弃荒遐"，甚至"刑戮相加"，可它却"进不由德，退不受呵"形影不离地跟着自己，对这种状况，作者极为不满，于是对贫进行责问："久为滞客，其义若何？"接着作者对"人皆文绣，余褐不完，人皆稻粱，我独藜餐"的贫富不均的不合理现象作了强烈的对比。第三层作者历数了贫的罪过：由于贫困而不得不终日劳禄，永远没有快乐的时候，以致"朋友道绝，进官凌迟"，说起来，这都是贫的结果。所以作者千方百计要摆脱贫困，而且有行动，他用远窜、登山、入海等办法都无效，贫总是"尔复我随"，紧紧缠住不放。最后作者不得不发出"勿复久留"的逐"贫"令。这段对贫困由厌恶到想摆脱而又不能的描写，确实真实地反映了作者当时的处境，读起来饶有风趣，但细想起来却是饱含着辛酸血泪的。

第三段是"贫"的答话，也可以分几个层次来读。首先"贫"对作者的指责表示不满，有话要说。说什么呢？先说他祖先的明德是"克佐帝尧，誓为典则"，又说了"季世"的昏惑，最后说"贫"对作者的大德：由于贫困使作者从小经受了锻炼，"堪寒能

汉魏六朝赋

暑,少而习焉,寒暑不忒,等寿神仙",由于贫困,盗贼不来冒犯,可以无忧无虑地生活,这些回答紧紧扣住前边作者的责斥,说得有条有理,实际上这正是作者要自嘲的意思,不过是借"贫"的口说出而已。

第四段写作者听了"贫"的论述,茅塞顿开,"辞谢不直"地要留住"贫",并表示"长与尔居,终无厌极"的决心,揭示了本文宗旨,点明了主题,值得一提的是,这段开头对贫的描写非常形象生动,如写贫"色厉目张"、"摄齎而兴,降阶下堂",不仅有形象而且有性格;你不是赶我走吗? 我走好了! 到首阳山去! 这样一个庄重的主题,作者写得却很诙谐,这是本文艺术上的一个特色。

归田赋

张 衡

　　游都邑以永久①，无明略以佐时②。徒临川以羡鱼③，俟河清乎未期④。感蔡子之慷慨⑤，从唐生以决疑⑥。谅天道之微昧⑦，追渔父以同嬉⑧。超埃尘以遐逝⑨，与世事乎长辞⑩。

于是仲春令月①,时和气清②。原隰郁茂③,百草滋荣④。王雎鼓翼⑤,鸧鹒哀鸣⑥。交颈颉颃⑦,关关嘤嘤⑱。于焉逍遥⑲,聊以娱情⑳。

尔乃龙吟方泽㉑,虎啸山丘㉒。仰飞纤缴㉓,俯钓长流㉔。触矢而毙㉕,贪饵吞钩㉖。落云间之逸禽㉗,悬渊沉之鲹鰡㉘。

于时曜灵俄景㉙,系以望舒㉚,极般游之至乐㉛,虽日夕而忘劬㉜。感老氏之遗诫㉝,将回驾乎蓬庐㉞。弹五弦之妙指㉟,咏周孔之图书㊱。挥翰墨以奋藻㊲,陈三皇之轨模㊳。苟纵心于物外,安知荣辱之所如㊴!

讲一讲

张衡(78~139),字平子,南阳西鄂(今天的河南南阳市北)人。他精通五经六艺,阴阳历算,制造了"候风地动仪",是东汉杰出的科学家和著名文学家。他在文学上的成就主要是赋作,以《两京赋》、《归田赋》最为有名。他曾两度任太史令并掌管天文,由于为政清廉,不巴结权贵,因此在政治上并不得志。顺帝永和元年(136年),他被调出京城做河间相。河间王敏政和许多权贵不遵法纪,他赴任后擒奸党,整法度,使国内上下很敬重他。但他看到朝廷外戚宦官仗势弄权,朝政日渐衰败已不可挽,便想永离官场,归隐田园。于是他上书皇帝请求辞官,并写了《归田赋》,但最终并没有获准。

① 都邑(yì):都城,指东汉京都洛阳。以:连词,相当于"而"。

② 明略:高明的谋略。佐(zuǒ)时:帮助国君治理国家。

③ 徒：空，白白地。临川：站在河边。羡（xiàn）鱼：希望得到鱼。这句的意思是只有良好的愿望而没有办法去实现它。《淮南子·说林训》："临河而羡鱼，不如归家结网。"

④ 俟（sì）：等待。河清：黄河水清澈。相传黄河一千年清一次，这里用来比喻政治清明。乎：语气词，相当于"啊"。未期：不可预期，即不知道日期。

⑤ 蔡子：指蔡泽，战国时燕人。下句唐生，指唐举，魏人，善于相面。蔡泽有抱负，游于诸侯国，均不被接纳。他心中郁郁不得志，到唐举那里去相面，又被唐举取笑一番。后蔡泽入秦代范雎（jū）为相。慷慨：形容悲叹的样子。

⑥ 从唐生：跟随唐生，即到唐举那里去。决疑：决断疑难，这里指相面。

⑦ 谅：确实。天道：世道，指朝政。微昧（mèi）：昏暗，微和昧都是暗的意思。

⑧ 渔父（fǔ）：渔翁，捕鱼的老人。追：追随。同嬉（xǐ）：一同游乐，这里指屈原远离楚都，流放洞庭湖畔行吟而遇渔人的事。

⑨ 超：脱离。埃尘：指混浊的社会。遐（xiá）逝：远远离开。

⑩ 世事：指官场上的事务。长辞：永久离开。

⑪ 仲春：春季的第二个月，即农历二月。令月：美好的月份，美好的秀节。

⑫ 时和：气候湿和。气清：空气清爽。

⑬ 原隰（xí）：平坦的山坡和低湿的凹地，这里泛指原野。郁茂：草木茂盛。

⑭ 百草：各种草。滋：生长。

⑮ 王雎（jū）：即雎鸠（jiū），一种水鸟。鼓翼：扇动翅膀，指

飞翔。

⑯ 鸧鹒:同"仓庚",即黄莺,也叫黄鹂。哀鸣:哀婉地鸣叫。

⑰ 交颈:两鸟相对,两头相挨。颉颃(xié háng):鸟忽上忽下地飞翔。

⑱ 关关:王雎雌雄两两和鸣声。嘤嘤(yīng yīng):指仓庚雌雄的和鸣声。

⑲ 于焉:在这里。逍遥:漫游。

⑳ 聊:暂且。娱情:使心情愉快。

㉑ 尔乃:于是。吟(yín):鸣叫。方泽:大湖泊。

㉒ 啸(xiào):长声吼叫。龙吟虑啸是说自己从容吟唱呼喊,如同龙虎。

㉓ 仰:向上。飞:飞射高空鸟。纤缴(xiān zhuó):射鸟时系在箭上的细绳,代指箭。

㉔ 俯:低下头。长流:长河。

㉕ 触矢:撞在箭上,矢指箭。毙:死。

㉖ 贪饵:指鱼贪吃饵食。

㉗ 落:射下来。云间:形容很高。逸禽:飞鸟。

㉘ 悬:钓起来。渊沉:沉进深水里。鲨鰡(shā liú):小鱼名。

㉙ 于时:在这个时候。曜(yào)灵:太阳。俄:偏斜。景:同"影"。

㉚ 系:继,接着。望舒:月亮的代称。

㉛ 极:尽情地。般游:游乐。般(pán),通"盘",乐。

㉜ 虽:虽然。日夕:太阳落山,天色已晚。而:却。忘劬(qú):忘记劳累。劬,劳苦,劳累。

㉝ 感:感触。老氏:指老子,春秋时期的思想家,道家的创始

人。遗诫：指老子对人不宜过度游乐的劝诫。《老子》第十二章：
"驰骋畋猎。令人心发狂。"

㉞ 将：将要。回：返回。驾：车驾。蓬庐：草屋。

㉟ 五弦：指五弦琴，传说五弦琴是舜所作。指：同"旨"，意旨。

㊱ 咏：诵读。周孔：周公和孔子，我国古代的圣贤，这里泛指圣贤典籍。

㊲ 挥：挥动。翰（hàn）：笔。奋藻：指写文章。奋，发挥。藻，辞藻。

㊳ 陈：陈述。三皇：指燧人氏、伏羲氏、神农氏。轨模：法度。

㊴ 苟：姑且。纵：放任。物外：世俗之外。

㊵ 安知：哪里知道。如：往，归。

译过来

到都城来做官已经很久，没能用高明的谋略帮助皇帝。白白站在河边羡慕游鱼，等待着黄河水清却不知日期。感慨蔡泽心情激动，找到相面的唐举去判明疑虑。世道确实是太昏暗了，愿像屈原那样同渔翁欢乐在一起，脱离这混浊社会远去，和官场事务永久分离。

在这春季二月的好时节，气候温和又空气清爽。山冈河边林木茂盛，百草遍地野花芳香。睢鸠扇动翅膀，黄莺哀婉地鸣唱。它们成双成对飞上飞下，关关嘤嘤叫个不停。在这里清闲漫游，暂时使我心情舒畅。

于是我在大湖畔吟唱，在山冈上长啸。仰射飞鸟，俯钓长河。飞鸟触箭而死,鱼儿贪食上钩。射落高空的飞禽,钓起深水的游鱼。

这时日影已经西斜,接着又出现月光。尽情享受游猎之乐,太阳虽然西下竟不觉劳累。想到老子的告诫,我驾车返回草房。弹起五弦琴美妙的韵律,诵读周公孔圣的经典篇章。挥笔泼墨运用辞藻,陈述三皇法度以为榜样。暂且把我的心放纵在世俗之外,哪里还考虑荣辱得失在于何方!

 **帮你读**

《归田赋》是一篇抒情小赋,可分四个小段。

第一段写他厌倦官场生活,想离开都市归隐田园。虽然说"无明略以佐时",但这是假托之词,真正归田原因还有"谅天道之微昧",也就是说他看到政治腐败,官场险恶,才干无法施展,这才决心"超埃尘以遐逝"、"追渔父以同嬉",与官场生活告别。

第二、三、四段,写他的田居生活。先是一幅仲春二月游春图。作者来到百草滋荣、百鸟和鸣的原野,可以尽情吟啸,也可弯弓射鸟,垂钓长流,心旷神怡,留连忘返。这里的自由、和谐、与现实社会的混浊、昏暗形成了鲜明的对比。游乐之后,回到田园草庐、弹琴、读书、写作,又是一幅优美、宁静的图景。这里没有世俗杂务,没有荣辱得失,多么令人神往。

"归田隐居",无疑在当时是封建士大夫们对黑暗现实的一种反抗方式。张衡的"归田"思想,对后世的士大夫和文人学士影响很大,如东晋陶渊明辞官归田并写出《归去来兮辞》便是一例。

　　这篇小赋，写景抒情很有特色。一是没有大赋的旧套。开门见山，不啰嗦，不铺张。二是语言洗炼活泼，不堆砌辞藻。三是出现四六对偶句式，如"龙吟方泽，虎啸山丘"，"弹五弦之妙指，咏周孔之图书"，对仗工整和谐。自此以后，这种清新活泼的抒情小赋，便一发而群出，不能说不是受了《归田赋》的影响。

刺世疾邪赋^①

赵　壹

伊五帝之不同礼^②，三王亦又不同乐^③。数极自然变化^④，非是故相反驳^⑤。德政不能救世溷乱^⑥，赏罚岂足惩时清浊^⑦？春秋时祸败之始^⑧，战国愈复增其荼毒^⑨。秦汉无以相逾越^⑩，乃更加其怨酷^⑪。宁计生民之命^⑫，唯利己而自足^⑬。

于兹迄今，情伪万方^⑭。佞谄日炽，刚克消亡^⑮。舐痔结驷，正色徒行^⑯。妪媮名势，抚拍豪强^⑰。偃蹇反俗，立致咎殃^⑱。捷慑逐物，日富月昌^⑲。浑然同惑，孰温孰凉^⑳？邪夫显进，直士幽藏^㉑。

原斯瘼之攸兴^㉒，实执政之匪贤^㉓。女谒掩其视听兮^㉔，近习秉其威权^㉕。所好则钻皮出其毛羽^㉖，所恶则洗垢求其瘢痕^㉗。虽欲竭诚而尽忠^㉘，路绝险而靡缘^㉙。九重既不可启^㉚，又群吠之狺狺^㉛。安危亡于旦夕^㉜，肆嗜欲于目前^㉝。奚异涉海之失柁^㉞，坐积薪而待燃^㉟？

荣纳由于闪榆^㊱，孰知辨其蚩妍^㊲？故法禁屈挠于势族^㊳，恩泽不逮于单门^㊴。宁饥寒于尧舜之荒岁兮^㊵，不饱暖于当今之丰年㊶。乘理虽死而非亡㊷，违义虽生而非存㊸。

有秦客者，乃为诗曰㊹："河清不可俟㊺，人命不可延㊻。顺风激靡草㊼，富贵者称贤㊽。文籍虽满腹㊾，不如一囊钱㊿。伊优北堂上○51，抗脏依门边○52。"

鲁生闻此辞，系而作歌曰○53："势家多所宜○54，咳唾自成珠○55。被褐怀金玉○56，兰蕙化为刍○57。贤者虽独悟○58，所困在群愚○59。且各守尔分○60，勿复空驰驱○61。哀哉复哀哉，此是命矣夫○62！"

讲一讲

　　赵壹,字元叔,汉阳西县(今天的甘肃天水)人。他生在汉末顺帝、桓帝、灵帝间,家境贫寒,一生未曾做官。他有才华,长于辞赋,但傲视权贵。灵帝期间因得罪当政,几乎至于死罪,多亏友人营救才得幸免。东汉末年,政治黑暗,天灾、兵祸并起,民不聊生,加以宦官外戚争权,大兴党狱,迫害正直之士,豪门不法,奸臣当道。赵壹本是愤世嫉俗之士,岂能没有不平之气。在灵帝熹平二年(173年)幸免于死之后,便写了这篇《刺世疾邪赋》,深刻揭露了当时社会的黑暗,抒发自己的愤怒之情。

　　① 刺:指责,揭露。世:指社会。疾(jí):憎恨,又同"嫉"。邪(xié):邪恶。

　　② 伊(yī):放在句首的语气词。五帝:一般指黄帝、颛顼(zhuān xū)、帝喾(kù)、唐尧、虞舜。礼:礼法,典章制度。

　　③ 三王:指夏禹、商汤、周文王和周武王。乐(yuè):音乐,古代先王都作乐,乐是德政的象征,先王以礼乐治国。

　　④ 数(shù):气运。极:极点。

　　⑤ 非是:不是,这里的"是"表示判断。故:故意。

　　⑥ 德政:以恩德治国,与暴政相对。涽(hùn):即"混",污浊。

　　⑦ 赏罚:这时偏指刑罚。惩:惩治。时:时代。清浊:这里偏指混浊。以上德政、赏罚两句指夏商周三代末期,不管是用德政还是用刑罚都不能拯救社会的混乱。

　　⑧ 春秋:我国历史上的一个时代,从公元前770年至公元前476年。公元前770年周平王迁都洛邑,历史上称为东周。东周

分春秋、战国两个时期。春秋时期周王室已经衰败,不被诸侯重视,兼并战争频繁,有的诸侯国日益强大,奴隶社会逐渐趋于瓦解。祸败:即祸乱。

⑨ 战国:从公元前 475 年至公元前 221 年秦始皇统一中国,历史上称为战国时期。经过春秋时期诸侯的相互兼并,到战国时期,几个强大的诸侯国之间的战争更加频繁、激烈,人民遭受的灾难更加严重。这时候是我国封建社会的开端。荼(tú)毒:比喻人民遭受苦难。荼(tú):一种苦菜。毒:毒害。愈(yù):更加。

⑩ 无以:不能。逾越:超过。这句意思是,秦汉没能超过春秋战国,即没有把国家治理好。

⑪ 乃:却,反而。更加:更增加。其:代指人民。怨酷:怨恨惨痛。

⑫ 宁:哪里。计:考虑。生民:人民、百姓。

⑬ 自足:满足自己的欲望。

⑭ 于兹:从此,指春秋时期。迄(qì):到。今:指东汉末期。情伪:真情被虚伪所代替,指弄虚作假,欺世盗名。万方:多种多样。

⑮ 佞谄(nìng chǎn):阿谀奉承。日炽(chì):一天天多起来。刚克:刚强正直的人。消亡:自行消灭,这里是遭殃、隐藏的意思。

⑯ 舐痔(shì zhì):舔痔疮,形容小人极力阿谀拍马。驷(sì):四匹马拉的车。结驷:许多车子结队而行。这句是说,小人由于阿谀承奉而得到荣华富贵。正色:指刚正的人。徒行:徒步走路,指地位低下。

⑰ 妪姁（yǔ jǔ）：同"伛偻（yú lǔ）"，驼背弯腰，比喻对人卑躬屈节。抚拍：巴结讨好。豪强：依仗权势欺压人民的人。

⑱ 偃蹇（yǎn jiǎn）：高傲。反俗：与世俗相反。立致：立刻招致。咎（jiù）殃：灾祸。

⑲ 捷慑（shè）：急切而唯恐落后。逐物：追求名利权势，比喻攀附有钱有势的人。昌：盛大，显要。

⑳ 浑然同惑：指好坏混淆，真假不辨。温，凉，借指是非好恶。

㉑ 邪夫显进：邪恶小人显贵升官。直士：正直的人。幽藏：远远躲藏起来。

㉒ 原：推究根源。斯瘼（mò）：这种弊病。攸（yōu）：所。这句的意思是：推究这种弊病所产生的根源。

㉓ 实：确实。执政：当政者，指皇帝。匪贤：没有道德没有才能。匪，同"非"。

㉔ 女谒（yè）：妇人传话，指皇帝听信后妃及外戚的话。掩其视听：指皇帝的眼睛耳朵都被蒙蔽了。兮（xī）：语气词，相当于"啊"。

㉕ 近习：皇帝亲近熟悉的人，指皇帝宠信的宦官近臣。秉：掌握。威权：指朝中大权。

㉖ 所好（hào）：指皇帝所喜好的。钻皮出其毛羽：钻，即穿，只有鸟兽才有美丽的毛羽，而穿上鸟兽皮来显示自己有毛羽，是比喻小人讨好皇帝，投其所好，不择手段。

㉗ 所恶（wù）：指皇帝所厌恶的。洗垢（gòu）：洗去污垢。求：寻找。瘢（bān）痕（hén）：疮伤好了以后留下的痕迹。这句形容小人极力讨好皇帝，以致吹毛求疵地陷害好人。

㉘ 竭诚：用尽全部诚意（指忠正之人）。尽忠：尽到忠臣之职。

㉙ 绝险：极其险恶。靡缘（mǐ yuán）：没有缘分，没有路。

㉚ 九重：指皇宫的门。既：已经。启：打开。这句话的意思是，要见到皇帝已经很不容易。

㉛ 吠（fèi）：狗叫。猗猗（yín yín）：狗叫的声音。这里是批评小人的各种谗言。

㉜ 安：安心于……。危亡：指亡国的危机。且夕：早晚。

㉝ 肆：放纵。嗜（shì）欲：嗜好欲望。

㉞ 奚异：何异，有什么不同。奚（xī）：疑问词，什么，哪里。涉：渡。柁（duò）：同"舵"，船舵。

㉟ 积薪：堆积的柴草。待燃：就要燃烧。

㊱ 荣纳：享受荣华被重用。闪榆（shū）：谄媚不正的样子。

㊲ 蚩（chī）：同"嗤"，丑。妍（yán）：美。

㊳ 故：因此。法禁：法律所禁止的，禁令。屈挠：屈服。势族：指有权势的富贵人家。

㊴ 恩泽：皇帝的恩惠。不逮（dài）：不到。单门：寒门，指贫寒没有权势的人家。

㊵ 宁：宁愿。荒岁：灾荒的年月。

㊶ 不饱暖：不愿饱暖。

㊷ 乘理：合乎事理。虽死而非亡：既使死了，如同没有死。

㊸ 违义：违背道义。虽生而非存：即使活着也跟不存在一样。

㊹ 秦客：秦地来的客人，这里作者假托的人物。乃：于是。为：作。

㊺ 河清：黄河水清，比喻出现太平盛世。俟(sì)：等待。

㊻ 人命：人的生命。延：延寿。这句是说人的寿命是有限的。

㊼ 顺风：顺着风势。激靡草：猛烈吹动细弱的小草，比喻世俗趋炎附势、欺压贫寒之士。

㊽ 称贤：被称为贤能的人。

㊾ 文籍：文章书籍，这句是说寒士学问多。

㊿ 囊(náng)：袋子。以上两句是说："寒微贤士满腹才学不被重用，富贵人家用钱可以买到高官。"古代铜钱用袋装。

(51) 伊优：卑躬献媚之态。北堂：坐北朝南的房子，指富贵人家居住的地方。

(52) 抗脏(kàng zāng)：高亢刚直的人。这句说刚直的人被排挤，只好依在门边。

(53) 鲁生：鲁地的书生，也是作者假托的人物。系：继，接着。歌：即诗。

(54) 势家：有权势的人家。宜：合适。

(55) 咳唾(ké tuì)：指唾沫。

(56) 被褐(pī hè)：穿粗布衣服，指寒士。被，同"披"，穿。金玉：比喻美好，才华。

(57) 兰蕙：香草。刍(chú)：喂牲口的干草。

(58) 独悟：独自醒悟。

(59) 所困在群愚：被愚蠢的人群困扰。

(60) 且：姑且，暂且。尔分：你的本分。

(61) 空驰驱：白白奔走求门路。

(62) 哀哉：悲伤啊。命：指天意。这本是统治阶级麻痹欺骗人民的一种说法,作者对此来表示对社会的是非不辨的无可奈何的愤慨和控诉。"矣夫"两字都是句子末尾表示感叹的语气词,连用则感叹语气加重,与现在的"啊"相似。

译过来

　　五帝的礼法各不相同,三王的音乐也不一样。事物发展到极点就自然要发生变化,倒不是故意要互相反对。德政既然不能拯救社会的混乱,刑罚难道能够惩治时代的混浊?春秋是祸乱的开始,战国更加重了人民的苦难。秦汉没有能超过春秋战国,反而给人民造成了怨恨和惨痛。当政的哪管百姓的死活,只是为了满足一己的欲望。

　　从春秋到现在,真情被各种虚假所替代。阿谀奉承者一天比一天多,刚强正直的人则越来越少见。舐痔拍马的人能坐上成队的马车,刚正无私的人却只能徒步走路。对名望权势卑躬屈节,巴结豪强已成风气。傲视流俗反其道而行,就会立刻招致灾祸。争先恐后攀附权贵,便一天天富足昌盛。好坏混杂真假不分,谁是谁非何处申辩?邪恶小人升官发财,正直的寒士只得远远躲藏。

　　推究这弊病产生的根源,实在是当政者缺德少才。女人的话蒙蔽了他的耳目啊,身边的近臣掌握了实权。对于所喜欢的让他穿上鸟兽皮以显示有毛羽,对于所厌恶的则洗去污垢也要找出疵痕。贤士虽然想竭尽全部忠诚,可是道路极其险恶没有缘份。皇帝那一道道宫门已难打开,又有一群狗在汪汪狂吠。亡国危机就在旦夕之间却很安心,仍然尽情享受着眼前的嗜欲。

汉魏六朝赋

这与渡海和失去船舵有何不同,和坐在就要燃烧的柴堆上又有什么两样?

享荣华受宠信全仗谄媚,谁还懂得去辨别丑美。因此,法律禁令都屈服于豪门贵族,皇帝的恩惠总也到不了寒士之门。宁愿生在尧舜荒年受饥寒,不愿活在当今丰年得饱暖。合乎事理即使死了如同活着,而违背道义即使活着也如同死亡。

有位秦地来的客人,作诗写道:"黄河水清之日不可等待,人的寿命不能无限期延长。顺风里细草被吹得发抖,富贵人却被推成贤秀。寒士才华虽然满腹,升官不如一袋铜臭。谄媚的小人坐高堂,傲骨寒士依门后。"

鲁生看到这首诗,接着也写道:"豪门多有运,唾沫成珍珠。寒士虽有才,兰蕙当做草。贤者虽觉悟,却被群愚困。暂且守本分,不要空投奔。可怜又伤悲,却是命不顺。"

这篇赋共分六段。第一段从赞颂古代圣贤帝王开始,说他们的礼乐制度能随着世情自然变化;随后转到对现实社会的批判,不管是"德政"还是"刑罚"都无法救治社会的混乱。究其原因,是统治者"宁计生民之命,唯利己而自足"。这个观点,认识深透,见血见肉,在当时的文学作品中是极少见的。

第二段,作者对社会腐败现象做了无情的揭露,一面是奸邪的"佞谄"、"舐痔"、"抚拍"、"逐物"、"显进"等丑恶行径;一面是直士的"消亡"、"徒行"、"咎殃"、"幽藏"的悲惨遭遇。这鲜明的对比,把奸邪得势、直士遭殃、黑白颠倒,风气败坏的社会现象暴露无遗。

第三段揭示社会邪恶的根源："实执政之匪贤"，直截了当地把矛头指向了昏庸无能的封建皇帝。接着作者抓住外戚宦官专权这一朝政败坏的要害加以斥责，指出奸邪当道，贤才报国无门。"所好则钻皮出其毛羽，所恶则洗垢求其瘢痕"，对奸邪小人谄媚丑态刻画得入木三分。最后四句又直接写皇帝的昏庸，并通过"坐积薪而待燃"的形象比喻，敲响了东汉王朝衰亡的警钟。

第四段抒写作者愤激之情。"法禁屈挠于势族，恩泽不逮于单门"，这是饱含作者亲身感受，对社会的丑恶黑暗进行的控诉，他感到生在这样的社会简直是一种耻辱，于是发出"宁饥寒于尧舜之荒岁兮，不饱暖于当今之丰年。乘理虽死而非亡，违义虽生而非存"的绝唱，把感愤之情推向高潮。从这里可以看到作者耿直不阿的性格和不屈的反抗精神。

第五、六段，作者假托秦客、鲁生的诗来重申主题，刺世疾邪、结束全赋。其中"文籍虽满腹，不如一囊钱"，"被褐怀金玉，兰蕙化为刍"等有力地揭露富者买官、寒士无门、贤愚不辨的黑暗现实。但结束时又发出无可奈何的感慨，把这种不合理现实归结到命，这是作者的时代局限。

这篇赋，从内容到形式，都破除了汉代大赋极尽铺陈夸饰、歌功颂德的传统，其中揭露社会问题的深刻和感情的强烈都是以往汉赋所没有的。它直抒胸臆，富有真情实感，是一篇成功的抒情小赋。

汉魏六朝赋

述 行 赋 并序

蔡 邕

延熹二年秋,霖雨逾月①。是时梁冀新诛,而徐璜、左悺等五侯擅贵于其处②。又起显阳苑于城西③,人徒冻饿,不得其命者甚众④。白马令李云以直言死,鸿胪陈君以救云抵罪⑤。璜以余能鼓琴,白朝廷,敕陈留太守发遣余⑥。到偃师,病不前,得归⑦。心愤此事,遂托所过,述而成赋⑧。

余有行于京洛兮,遭淫雨之经时⑨。途迤遭其蹇连兮,潦汙滞而为灾⑩。乘马蟠而不进兮,心郁悒而愤思⑪。聊弘虑以存古兮,宣幽情而属词⑫。

夕宿余于大梁兮,诮无忌之称神⑬。哀晋鄙之无辜兮,忿朱亥之篡军⑭。历中牟之旧城兮,憎佛肸之不臣⑮。问宁越之裔胄兮,蔑髣髴而无闻⑯。

经圃田而瞰北境兮,悟卫康之封疆⑰。迄管邑而增感叹兮,愠叔氏之启商⑱。过汉祖之所隘兮,吊纪信于荥阳⑲。

降虎牢之曲阴兮,路丘墟以盘萦⑳。勤诸侯之远戍兮,侈申子之美城㉑。稔涛涂之愎恶兮,陷夫人以大名㉒。登长

坂以凌高兮,陟葱山之嶤陉㉓。建抚体以立洪高兮,经万世
而不倾㉔。迴峭峻以降阻兮、小阜寥其异形㉕。冈岑纡以连
属兮,溪谷复其杳冥㉖。迫嵯峨以乖邪兮,廊岩壑以峥嵘㉗。
攒栎朴而杂榛楛兮,被浣濯而罗生㉘。布虆葖与台菌兮,缘
层崖而结茎㉙。行游目以南望兮,览太室之威灵㉚。顾大河
于北垠兮,瞰洛汭之始并㉛。追刘定之攸仪兮,美伯禹之所
营㉜。悼太康之失位兮,愍五子之歌声㉝。

寻修轨以增举兮，邈悠悠之未央㉝。山风泪以飙涌兮，气懔懔而厉凉㉟。云郁术而四塞兮，雨濛濛而渐唐㊱。仆夫疲而劬瘁兮，我马虺隤以玄黄㊲。格莽丘而税驾兮，阴曀曀而不阳㊳。

哀衰周之多故兮，眺濑限而增感㊴。忿子带之淫逆兮，唁襄王于坛坎㊵。悲宠嬖之为梗兮，心恻怆而怀惨㊶。

乘舫舟而溯湍流兮，浮清波以横厉㊷。想宓妃之灵光兮，神幽隐以潜翳㊸。实熊耳之泉液兮，总伊瀍与涧瀍㊹。通渠源于京城兮，引职贡乎荒裔㊺。操吴榜其万艘兮，充王府而纳最㊻。济西溪而容与兮，息巩都而后逝㊼。愍简公之失师兮，疾子朝之为害㊽。

玄云暗以凝结兮，集零雨之溱溱㊾。路阻败而无轨兮，途宁溺而难遵㊿。率陵阿以登降兮，赴偃师而释勤[51]。壮田横之奉首兮，义二士之侠坟[52]。亻淹留以候霁兮，感忧心之殷殷[53]。并日夜而遥思兮，宵不寐以极晨[54]。候风云之体势兮，天牢湍而无文[55]。弥信宿而后阙兮，思逶迤以东运[56]。见阳光之颙颙兮，怀少弭而有欣[57]。

命仆夫其就驾兮，吾将往乎京邑[58]。皇家赫而天居兮，万方徂而星集[59]。贵宠煽以弥炽兮，金守利而不戢[60]。前车覆而未远兮，后乘驱而竟及[61]。穷变巧于台榭兮，民露处而寝湿[62]。消嘉谷于禽兽兮，下糠秕而无粒[63]。弘宽裕于便辟兮，纠忠谏其骎急[64]。怀伊吕而黜逐兮，道无因而获入[65]。唐虞渺其既远兮，常俗生于积习[66]。周道鞠为茂草兮，哀正路之日涩[67]。

观风化之得失兮，犹纷挐其多违⑱。无亮采以匡世兮，亦何为乎此畿⑲？甘衡门以宁神兮，咏都人而思归⑳。爰结踪而回轨兮，复邦族以自绥㉑。

乱曰：跋涉遐路，艰以阻兮㉒。终其永怀，窘阴雨兮㉓。历观群都，寻前绪兮㉔。考之旧闻，厥事举兮㉕。登高斯赋，义有取兮㉖。则善戒恶，岂云苟兮㉗。翩翩独征，无俦与兮㉘。言旋言复，我心胥兮㉙

讲一讲

蔡邕（132～192），东汉文学家、书法家，字伯喈（jiē），陈留圉（今天河南杞县南）人。在汉灵帝时做过议郎，因为上书议论朝政。得罪了宦官和权贵，被放逐到朔方。获赦后不愿到朝廷做官，浪迹江湖十多年。董卓专权，他被迫入朝，做过中郎将等官。董卓死后，又被王允抓起来，死在狱中。他博学多才，对经史、音律、书法、文学都能通晓，著有各种文体的文章一百零四篇。其中《述行赋》，对当时统治者的奢侈腐败，对人民的疾苦都有所反映。

① 延熹：东汉桓帝的年号。二年：即公元 159 年。霖雨：指连阴雨。逾：超过。

② 梁冀：桓帝梁皇后的哥哥，曾任大将军。梁皇后死了以后，桓帝怀疑他有谋反之意，就与宦官单超等密谋，将梁冀杀死。诛：杀死。五侯：指宦官徐璜、左悺（guǎn）、唐衡、具瑗（yuán）、单超，因为他们同时封侯，世称五侯。擅：拥有，独揽。贵：显贵、华

贵。处：处所。

③ 起：建造。显阳苑：宫苑名。城西：东汉国都洛阳以西。

④ 人徒：指拉去修宫苑的穷人。不得其命：不能保住他的生命，指因劳累冻饿而死。命：生命。

⑤ 白马：县名。李云为白马县令，他因上书说徐璜等人不该封侯而被捕下狱，并被宦官害死。鸿胪：官名。陈君：即陈蕃，当时任大鸿胪，他因营救李云而被判了罪。

⑥ 白朝廷：向朝廷报告。白，下级向上级陈述。敕：皇帝发的诏令。发遣：差遣，出发。

⑦ 偃师（yǎn）：地名，今属河南。病不前：因为有病不能前进。

⑧ 愤：心中不平。遂：就。托：寄托。

⑨ 余：我，作者自称。京洛：指东汉的京城洛阳。遘（gòu）：遭遇。淫雨：连阴雨。

⑩ 途：指道路，路上。迍邅（zhūn zhān），遭遇困境，处境艰难。蹇（jiǎn）：不顺利，困苦。潦汙：积水。滞（zhì）：停留。

⑪ 蟠：盘曲地伏着，指马不肯前进。郁悒（yù yī）：心中愁闷，不高兴的样子。愤思：激起了思绪。

⑫ 聊：暂且。弘（hóng）：大。虑：思考。弘虑：打开思路。存古：怀想着古代的事情。幽情：深远的感情。属：委托，交付。属词：指做文章。

⑬ 夕：夜晚。大梁：战国时魏国的都城。在现今的河南开封。诮（qiào）：责备，谴责。无忌：魏国的公子信陵君，他因有食客三千受到人们的称颂。称神：受到称赞。

⑭ 哀：怜悯，同情。晋鄙：魏国的大将。秦军围攻赵国时，晋鄙害怕秦国的势力，不肯救赵。魏公子无忌设计盗得虎符，让朱

亥杀死晋鄙,夺得了军权,出兵救了赵国。无辜:无罪。忿:同"愤",因为不满而感情激动。篡军:夺取兵权。

⑮ 历:经过。中牟:春秋时晋国的城邑,今属河南。佛肸(bì xī):晋国大夫赵简子的臣子,到中牟任职后,背叛了赵简子,所以说他"不臣"。

⑯ 宁越:中牟人,因刻苦好学而成了周威王的老师。裔胄:后代。藐:遥远。髣髴:同"仿佛",不清楚的样子。无闻:没有听说,指宁越的后代已经衰落。

⑰ 圃田:地名,在今天的河南省。瞰(kàn):站在高处往下看。悟:明白。卫康:周武王的弟弟,名封,最初封于康地,人称康叔,后建立卫国,所以又称卫康叔。

⑱ 迄(qì):至,到。管邑:管叔的封地。在今天的河南郑州附近。周武王灭商以后,封商纣王的儿子武庚为诸侯,让他管理商的遗民。武王又不放心,让他弟弟管叔和蔡叔监视他,后管、蔡与武庚合谋反对周武王,管、武被周武王杀掉。愠:怒,恨。叔氏:指管叔和蔡叔。启商:引导商的遗民反对周朝。

⑲ 汉祖:指汉朝的开国皇帝汉高祖刘邦。隘:遭受困厄的地方。吊:吊念,怀念死者。纪信:汉高祖刘邦的部将。公元前202年,刘邦被项羽困在荥阳(今属河南),为解除困境,纪信假扮刘邦向项羽投降,被项羽烧死,则刘邦逃生。

⑳ 降(jiàng):从高处往下走。虎牢:古地名,在今荥阳附近。曲阴:弯曲的山谷。丘墟:废墟。盘:盘旋。萦(yíng):缠绕。

㉑ 勤:劳苦。戍:防守,驻守。侈:奢侈。申子:春秋时郑国大夫申侯。

㉒ 稔（rěn）：庄稼成熟，一年的时间，表示长久。涛涂：春秋时陈国大夫辕涛涂。愎（bì）：固执，执拗。夫人：那人，指申侯。公元前656年，齐桓公攻打楚国，得胜回来，想经过陈国和郑国。陈国大夫辕涛涂担心会给陈国和郑国增加负担，就跟郑国的申侯商量让齐国从别处走。申侯答应了，齐国也同意了。可后来申侯又向齐国反间，说辕涛涂的坏话，联合起来攻打陈国，在虎牢这个地方捉住了辕涛涂。后来齐国和陈国讲和，放回辕涛涂。辕涛涂为了报复，劝申侯在虎牢大兴土木建筑城池，而后又向郑伯说申侯要谋反，于是郑伯就杀了申侯。以上六句讲的就是这件事。

㉓ 凌高：登上高处。陟（zhì）：登，上。峣陉（yáo xíng）：高峻险要的悬崖。

㉔ 洪：大。倾：歪斜。

㉕ 降徂：从险峻的高处走下来。阜：小土丘。寥：空旷，视野开阔。

㉖ 冈岑（cén）：小山岗。纡：弯曲。溪：山间的流水，这里指山谷。夐（xiòng）：辽阔，远。杳冥：阴暗。

㉗ 嵯峨：山势很高的样子。乖邪：不协调。廓（kuò）：空旷，广大。壑（hè）：小山沟。峥嵘：山势高峻。形容不平凡。

㉘ 攒：集攒，聚在一起。棫：柞木。朴：树木丛生。榛楛（zhēn hù）：小乔木的名字。浣（huàn）濯：洗涤，这里指雨露滋润。罗生：丛生。

㉙ 虋（mén）：赤草。菼（tǎn）：荻草。苔：即苔，一种生长在阴湿地方的多年生植物。菌：一种低等植物。缘：沿着。层：重叠。

㉚ 游目:目光转动,随意瞻望。太室:即嵩山,在今天的河南省,是我国著名的大山。五岳之一的中岳。威灵令人敬佩的精神。

㉛ 大河:黄河。垠:边际。瞰:远望,俯视。洛汭:指洛水与黄河会合的地方。汭,河流转弯的地方。

㉜ 刘定:指刘定公,春秋战国时人,他曾赞美夏禹治水的功绩。伯禹:即夏禹,传说他治水很有办法。

㉝ 太康:夏朝的一个君主,传说他不理朝政,整天在洛水北面打猎游玩,被东夷人夺去了王位,他的五个弟弟曾作歌劝诫。愍(mǐn):怜悯、哀怜。

㉞ 修:长。轨:车辙的印迹。增举:指路迹一层层增高。邈(miǎo):远,未央:未尽,没有尽头。

㉟ 汩(gǔ):水流很急的样子,这里引申为山风刮得很急。飙(biāo):暴风。懆懆(cǎo cǎo):忧愁的样子。厉凉:遇到寒冷。

㊱ 郁术:聚集。渐唐:道路被雨水浸湿。唐,同"塘"。

㊲ 劬(qū)瘁:劳累,忧伤。虺隤(huī tuí):疲劳生病。玄黄:疾病。《诗经·周南·卷耳》:"我马虺隤,我马玄黄。"

㊳ 格:到。莽丘:草木丛生茂盛的山丘。税驾:解下驾马的马休息。曀曀(yì yì):天阴沉沉的样子。不阳:不见阳光。

㊴ 衰周:指周朝衰落。多故:多变化。眺(tiào):远看。濒限:临水的地方。

㊵ 贫:怨恨。唁:对遭遇祸事的人表示慰问、有怜悯的意思。子带:周惠王的儿子姬带。坛坎:地名,在今天的河南巩县境内,姬带失败出走,姬郑继位为周襄王。后姬带又回来与王后隗氏

私通,并把襄王赶到了坛坎。

㊶ 宠嬖(bì):受到宠爱的人,指子带。梗:灾害。侧怆(cè chuàng):悲伤。

㊷ 舫:船。溯:逆水流而上。湍流:急流的水。横厉:横渡。

㊸ 宓(fú)妃:传说中洛水女神。灵光:神灵。潜翳(yì):潜藏,隐蔽。

㊹ 熊耳:山名,在今天的河南洛阳西南。泉液:山泉水。伊、瀍、涧:都是河名,在今天河南省境内。濑:流得很急的水。

㊺ 京城:指洛阳。职贡:进献贡物。荒裔(yì):边远的地方。

㊻ 吴榜:船桨。吴,同"梧",船。纳最:进贡。最,聚。

㊼ 济:渡河。容与:从容不迫的样子。息:停息。巩:古地名,在今天的河南巩县。逝:离去。

㊽ 简公:巩简公。失师:打了败仗。东周时周景公死后,他的两个儿子王子猛和庶子期争夺王位,巩简公支持王子猛讨伐庶子朝,结果失败了。以上两句讲的就是这件事。子朝指景公庶子朝。

㊾ 玄云:黑云。零雨:下雨。溱溱(zhēn zhēn):形容雨很大。

㊿ 阻败:道路难走。宁溺:道路泥泞很多。遵:沿着,引申为行走。

(51) 率:顺着。陵阿:大山。登降:上下行走。偃师:地名,今属河南。释勒:消除劳苦,休息的意思。

(52) 田横:秦末齐国贵族。奉首:秦末楚汉争战,田横自立为齐王。汉高祖刘邦灭齐,田横率五百余人逃亡海岛。刘邦命他到洛阳,并派两个义士陪着他,半路上田横自杀,让二义士把他的头带给刘邦。刘邦为田横举行葬礼,二义士也在田横坟边自杀。奉首,指的是二义士带田横的头给刘邦。侠(jiā):同“夹”,从两边夹住。

(53) 伫(zhù):久立。淹留:长久逗留,霁:雨过天晴。殷殷:殷切。

(54) 极晨:到天亮。

(55) 体势:事物发展趋势,指下雨盼望天晴。无文:没有晴天的意思。

(56) 弥:满。信宿:再住一天。阙(què):停止。逶迤(wēi yī):形容道路、山河弯弯曲曲、延续不断。东运:东方的来路。

(57) 颢颢(hào hào):明亮。少弭:忧思有所平息。欣:心情高兴。

(58) 就驾:驾上马车。京邑:指京城洛阳。

(59) 赫:显赫。天居:皇帝居住的地方。徂(cú):来到。星集:指各方都来归顺汉朝。

(60) 煽(shān):鼓动别人做不该做的事。弥:更加。炽(chì):旺盛。佥:全。戢(jì):收敛。

(61) 覆:翻车。古语有“前车之覆,后车之鉴”,意思是先前的失败可以作为以后的教训。竟及:紧跟上来。

(62) 穷:极端。巧:精巧。榭:建在台上的房屋。寝湿:住在潮湿的地方。

(63) 嘉:美好。禽兽:指家禽家畜。无粒:吃的饭里没有粮食。

(64) 弘:大,扩充。裕:丰富,宽绰。便辟:善于用话谄媚的人。纠:督察。骎(qīn)急:原指马跑得很快,这里指对人要求苛刻。

(65) 伊吕:指伊尹、吕望(姜太公)。伊尹是商初政治家,曾帮助商汤攻灭夏桀。吕望在西周时辅佐文王、武王灭商。黜(chù):罢免、革职。获入:指得到进宫相谏的机会。

(66) 唐虞:指唐尧和虞舜。积习:恶习。

(67) 鞠(jū):同“鞫”,贫困。涩:原指文句不通,这里是阻塞的意思。

(68) 风化:风俗教化。纷拏(ná):纷乱。违:违背。

(69) 亮:显露的意思。采:光采,亮采,显露才能。匡:纠正,帮助,畿(jī):国都及附近的地方。

(70) 衡门:简陋的门庭。都人:指《都人士》《诗经》中的一篇。

(71) 爰(yuán):于是。结踪:结束游踪,绥:安好。

(72) 乱曰:赋文最后的结语。遐路:远路,走了很多路。

(73) 永怀:永远的怀念。窘(jiǒng):被困。

(74) 绪:功绩,心情,心绪。

(75) 考:考察,研究。厥(jié):其,他的。

(76) 登高斯赋:登高而写的这篇赋。

(77) 则善戒恶:以善为法,以恶为戒。苟:偷生。

(78) 翩翩(piān piān):轻快飞舞的样子。俦(chóu)与:同伴。

(79) 言:语助词,放在动词前边。旋、复:都是同去的意思。胥(xū):这里是乐的意思。《诗经·桑扈》:“君子乐胥”。

译过来

延熹二年的秋天,连阴雨下了一个多月。当时梁冀刚刚被杀死,而徐璜、左琯等五侯占有了他的华贵住所,接着又在洛阳城西修建显阳官苑。被拉去修官苑的百姓,因为劳累冻饿而死

的人很多。白马县令李云因为上书说真话被杀死，大鸿胪陈蕃也因为营救李云被治了罪。徐璜把我会弹琴的事禀报朝廷，皇帝下诏让陈留太守打发我出发去京城。我走到偃师，生了病不能前进，又回来。心里对这件事愤愤不平，于是就记述我经过的地方，写成了这篇赋。

我行走在去京城洛阳的路上啊，正赶上阴雨绵绵的时候，路上的处境艰难连着困苦啊，雨水积聚起来简直成了灾祸，驾车的马停住脚不肯向前走啊，心中的苦闷激起了我深深的思绪。暂且打开思路想想古代的事情吧，为宣泄我深远的感情提笔作文。

夜晚我住宿在魏国的大梁啊，真要讥笑魏无忌的被人们称颂。可怜大将晋鄙无辜被杀死啊，无情的朱亥夺取了晋鄙的军权。经过中牟这个古老的城邑，我憎恨佛肸这个不义的小臣，请问宁越的后代你在哪里啊，好像很遥远听不到一点音信。

经过圃田站在高处望北方啊，我知道这是卫康叔当时的封地！到管叔的领地我又增加了感慨啊，我憎恨管叔、蔡叔这些引商反周的叛逆。经过汉高祖受困的地方啊，我在荥阳怀念纪信的英魂。

往下走到虎穴这个弯曲的山谷啊，这里是一片盘旋缠绕的废墟。当时的诸侯艰苦地守在这里啊，那申侯奢侈地建立了城邑。涛涂固有的恶习不改呀，陷害申侯是谋反郑国的叛逆。走到长坂的最高处啊，登上葱山险要的崖顶。那高大挺拔的群山啊，经过多少岁月仍然那么耸立！从陡峭的高处走下来啊，那小土丘就显得空旷而奇异。弯弯曲曲的山岗连接不断啊，溪谷的辽阔就显得阴暗无际。高山拥在一起多么不协调啊，宽阔的山沟就显得特别出奇。山谷里的柞树、榛子和楮树啊，得到雨露滋

汉魏六朝赋

润丛生在一起。满山的荻草、赤草与苔菌啊，顺着山崖一层层地爬上去。移动着目光我向南看啊，饱览嵩山那令人敬佩的灵性。回头再看看黄河北边的情形吧，洛河在转弯的地方并入黄河之中。遥想刘定公所敬仰的呀，那是夏禹所建立的治水大功。哀悼太康失去了君位啊，怜悯五兄弟白为他发出叹息的歌声。

　　前面的道路还在不断的延长啊，悠悠的远路好像没有尽头一样。山风突然越刮越急啊，不安的心绪又赶上天气寒凉。黑云聚起从四面涌来啊。濛濛的细雨把道路都变成泥塘。仆人车夫都显得劳累疲乏啊，我的马也累得病体如伤。到乱草丛生的山丘卸下车马啊，阴沉沉的天气仍不见阳光。

　　想到周朝的衰落多变故啊，望见湿地更增加了我的感慨。姬带的淫乱叛逆令人恨啊，可怜的襄王被赶到坛坎。受到宠爱的人成了祸害啊，忧伤的心更使我同情他的悲惨。

　　坐着船逆流往上走啊，浮在清波之上渡过河去。想到那洛水之神宓妃啊，那神灵的光彩却深深隐蔽。是熊耳山上那清凉的泉水啊，汇成伊、瀍和涧河的水流急。源源的河渠直通到京城啊，纳贡的官人由远方来会集。他们摇着桨划着无数只船啊，那珍奇的贡品充满王公府第。渡过西溪是那样从容不迫啊，到巩都休息一下又赶快离去。可惜巩简公支持王子猛打了败仗，王子朝一时成了祸害令人气愤。

　　黑云慢慢聚在一起啊，雨一下起来就又大又急。行走艰难又看不见路迹啊，满路的泥泞不知该向哪里去。沿着山岭胡乱地往前走吧，到偃师解除疲劳快休息。田横奉首是多么壮烈啊，侠士的自杀也很义气！长久地住在这里等待着天晴啊，殷切的盼望更让人心急。日夜想着那遥远的过去啊，翻来覆去睡不着直到天露晨曦。观看风云等待天气的变化啊，天上乌云滚滚没有一点晴意。再住几天好好休息一下吧，我想来想去还是应该回去。看见天光稍微有些明亮啊，给我刚刚平息的忧思带来欢喜。

让仆夫赶快驾好车马吧，我将到京城洛阳去。那里是显赫的皇族居住的地方啊，各方诸侯都归顺那里。权贵们做尽坏事无人管啊，一个个贪得无厌不收敛。前面翻车的教训还在眼前啊，后边的驱车还往前赶。富人的房子精巧又别致啊，穷人的住屋潮湿又破败。富人家的鸡狗都吃精粮啊，穷人家粮食只能吃糠菜。对谄媚的小人讲究宽厚啊，对忠正的志士却不能忍耐。像伊尹、吕望那样的贤人都不容啊，要想进言相劝比上天还难。唐尧、虞舜的圣明不复见啊，世俗的恶习却像生根一般。由于贫困，道路都长满荒草啊，人间正路被堵塞得不通畅。

观察风俗教化的得与失啊，纷乱的世事与自己的志趣相违背。忠于职守也不能改变世俗啊，为什么我还要到京城去？简陋的柴门里可以守志啊，读着《都人士》我更想回家去。结束旅程还是回原路吧，只有回到家乡才可以安居。

结语：我行走了这么多的路，艰难而且多险阻啊！结束我永久的怀念，那被困在阴雨里的时候。经历了那么多故都，寻找前人的踪迹啊，研究了那么多旧事，熟悉了古人的功绩啊！登高作了这篇赋，取的就是这个意义啊。以善为本以恶为戒，怎能苟且偷生顾自己啊！也可能我将独自征战，连个同伴都没有啊！回去吧，回去吧，这才是使我快乐的啊！

汉魏六朝赋

蔡邕博学多才，但一生坎坷，很不得志。公元 159 年，他二十七岁时应召去京城洛阳为桓帝鼓琴，走到偃师，托病而回。《述行赋》就是记录他一路经历和折回的过程。虽然作者详尽描述了路上的艰辛和所见所想，但这并不是一般的游记之类的作品。作者在开头一段的"序"里，说明了作赋的缘由。他看到宦官专权、争权夺利，奢侈腐败，强迫百姓为他们修筑宫苑，很多百姓冻饿而死，敢于说真话的人却遭陷害，为寄托他愤慨的心情，才写了这篇赋。作者通过对古人古事的怀想，对黑暗的社会现实作了无情的揭露，对劳动人民的苦难寄予了同情。这篇赋的积极意义也就在于此。

第二段是赋的正文的开头，写作者去洛阳的路上，赶上阴雨绵绵，"途迤逦其寨连兮，潦汙滞而为灾"，行路十分艰难，心情十分苦闷。因为一路经过许多古迹，很自然地想到古代的事，于是借古喻今，写下这篇赋，以寄托幽思。这段文字不长，但字里行间让人感到压抑，既暗示现实社会的黑暗，又比喻作者生活道路的坎坷。可以说这是全篇的总括，为全赋定了基调。

接着从第三段到第九段，作者一边写路途的艰难险阻，一边借古喻今，用了很多篇幅写他经过的地方，对历史上的人和事，如朱亥篡军，申子被陷，子带淫递，纪信救刘，太康失位，子朝为害，田横奉首，义士侠坟等等发出议论，以抒发自己的感慨。当然作者对这些历史事件的观点并不一定完全符合今人的看法，但作者并不是在写历史，不过是借题发挥，也就不必苛求了。

第十、十一段，作者笔锋一转，从历史回到现实中来，对当时权贵的奢侈腐败和劳动人民生活的疾苦作了更直接的描写，像"穷变巧于台榭兮，民露处而寝湿。消嘉谷于禽兽兮，不糠秕而无粒"。写得都极为精彩，也极为深刻。写到这里作者自问：官场这样腐败，自己又不愿与他们为伍，忠于职守又无济于事，为什么还要违心地到京城去呢？他进京本来就是被迫的，这时候就下决心回去了。"爰结踪而回轨兮，复邦族以自绥"，只有回去才能安居。

最后一段是本篇的总结，也是结语。作者在"历观群都"、"考之旧闻"之后，得出结论，认为"则善戒恶，岂云苟兮"，不愿苟且偷生，即使只有他自己"翩翩独征"，连一个同路人也没有，他也要回去，不与那些权贵们同流合污。这是作者写这篇赋所要表达的真正的意思。

登楼赋

王　粲

　　登兹楼以四望兮①，聊暇日以销忧②。览斯宇之所处兮③，实显敞而寡仇④。挟清漳之通浦兮⑤，倚曲沮之长洲⑥。背坟衍之广陆兮⑦，临皋隰之沃流⑧。北弥陶牧，西接昭丘⑨。华实蔽野，黍稷盈畴⑩。虽信美而非吾土兮⑪，曾何足以少留⑫！

　　遭纷浊而迁逝兮⑬，漫逾纪以迄今⑭。情眷眷而怀归兮⑮，孰忧思之可任⑯？凭轩槛以遥望兮⑰，向北风而开襟⑱。平原远而极目兮⑲，蔽荆山之高岑⑳。路逶迤而修迥兮㉑，川既漾而济深㉒。悲旧乡之壅隔兮㉓，涕横坠而弗禁㉔。昔尼父之在陈兮㉕，有"归欤"之叹音㉖；钟仪幽而楚奏兮㉗，庄舄显而越吟㉘。人情同于怀土兮㉙，岂穷达而异心㉚！

　　惟日月之逾迈兮㉛，俟河清其未极㉜。冀王道一平兮㉝，假高衢而骋力㉞。惧匏瓜之徒悬兮㉟，畏井渫之莫食㊱。步栖迟以徙倚兮㊲，白日忽其将匿㊳。风萧瑟而并兴兮㊴，天惨惨而无色㊵。兽狂顾以求群兮㊶，鸟相鸣而举翼㊷。原野阒其无人兮㊸，征夫行而未息㊹。心凄怆以感发兮㊺，意忉怛而憯恻㊻。循阶徐而下降兮㊼,气交愤于胸臆㊽。夜参半而不寐兮㊾,怅盘桓以反侧㊿。

讲一讲

王粲(177～217),汉末著名诗赋家,字仲宣,山阳高平(今天的山东邹县)人。他十四岁到长安,曾受到大文学家蔡邕的赏识。因长安多动乱,十七岁避难荆州,投奔刘表。刘表见王粲貌丑体弱,不予重用,王粲久居荆州而不得志。刘表死后,王粲归降曹操。建安十三年(208年)随军行至湖北当阳麦城,登楼兴起怀乡之思,乱离之感,于是作赋以抒发怀才不遇和渴望建功立业之情。此后不久,又随曹操参与赤壁之战。后人把王粲与同时的孔融、陈琳、阮瑀(yǔ)、应场(yáng)、刘桢、徐干并称为"建安七子",王粲诗赋成就居七子之首。

① 兹楼:这座城楼,指荆州城楼。

② 聊:姑且。暇(xiá):同"假(jiǎ)",即借的意思。销忧:消除忧闷。

③ 览:看。斯宇:这座城楼。宇是屋檐(yán),这里借指城楼。所处:指所处的地势。

④ 实:实在。显:豁亮。敞:宽阔。寡优:少有可比。仇:匹,比。

⑤ 挟(xié):带。清漳:清净的漳水。漳水源出湖北漳县,流经当阳与沮(jū)水相合,又东南流入长江。通浦:通大河(漳水)的支流。这句意思是:城楼临于漳水的支流,像挟带着清净的漳水。

⑥ 倚:靠。曲沮:曲折的沮水,沮水源出湖北保康县,东南流至当阳与漳水汇合。长洲:水边长形的陆地。这句意思是:城楼

修筑在曲折的沮水边上,好像倚靠着沮水的长洲。

⑦ 背(bèi):背靠,指北面。坟衍(yǎn):高起而平坦。广陆:宽阔的陆地。

⑧ 临:面临,指南面,皋隰(gǎo xí):水边低湿的地方。沃(wò)流:肥沃的土地。

⑨ 弥(mí):终,极远处。陶:陶朱公,即春秋时越国的范蠡(lí)。他在帮助越王勾践灭吴后,弃官至陶,自号陶朱公。牧:郊外。接:连接。昭丘:楚昭王的墓地。

⑩ 华:同"花"。实:果实。蔽野:遮蔽了原野。黍稷(shǔ jì):谷类和高粱,泛指五谷。盈:满。畴(chóu):田地。

⑪ 信:确实。吾土:我的故乡。

⑫ 曾:乃,却。何足:怎么值得。少留:稍微停留。

⑬ 遭:遇。纷浊:社会混乱,污浊。迁逝:迁徙流亡,躲避动乱。

⑭ 漫:长久。逾:超过。纪:十二年为纪。漫逾纪:指自长安到荆州避乱已过十二年,迄今:到今天。

⑮ 眷眷(juàn):留恋的样子。怀归:思归。

⑯ 孰:谁。忧思:忧愁。可任:可以承担。

⑰ 凭:倚靠。轩:窗户,槛(jiàn):栏杆。

⑱ 向:面对。开襟(jīn):解开衣襟。

⑲ 极目:尽力望到极远的地方。

⑳ 蔽:遮蔽。荆山:在今天的湖北南漳县西北。岑(cēn):山小而高。

㉑ 逶迤(wēi yí):长而曲折的样子。修:长。迥(jiǒng):远。

㉒ 川：河水。既：已经。漾：水长的样子。济：渡。

㉓ 悲：悲伤。旧乡：故乡。壅隔（yōng gē）：堵塞隔绝。

㉔ 涕：眼泪。横坠：零乱地落下。弗（fú）：不。禁：止住。

㉕ 昔：从前。尼父：即孔子，名丘，字仲尼。孔子死后，鲁哀公作诔（lěi）文，称孔子为尼父。

㉖ 叹息：感叹声。孔子周游列国，在陈国时曾发出："归欤！归欤！"的感叹。

㉗ 钟仪：春秋时楚国乐官，楚伐郑时被俘，郑把他献给了晋国，晋侯在军府中见到他时，问明他是楚国乐官，就给了他一张琴。钟仪操琴弹起楚国的音乐，表示他不忘故土。幽：把被囚禁。

㉘ 庄舄（xì）：越国人，在楚国做了高官，过了一段时间病了，楚王想探听他是否忘了楚国，就派人去偷听他病中的吟唱声。结果庄舄的吟唱声还是越音。显：显贵，指身居显要官职。越吟：用越音吟唱。

㉙ 人情同：人的感情是相同的。怀土：思念乡土。

㉚ 岂：难道，怎么。穷：处于困境，指钟仪被俘。达：处于顺境，指庄舄作官。异心：变心。

㉛ 日月：指光阴。逾迈：飞逝，指时间过得快。

㉜ 俟（sì）：等待。河清：黄河水清，比喻太平盛世。未极：没有尽头。

㉝ 冀：希望。王道：王朝的政权。一：统一。平：太平。

㉞ 假：借，高衢（qú）：大道，比喻太平盛世。骋力：尽力驰骋，比喻施展才能。

㉟ 惧:惧怕。匏(páo)瓜:葫芦。徒悬:只是悬挂着不用。这句的意思是说,怕把自己当成葫芦一样挂着不用。

㊱ 畏:害怕。井渫:淘井。渫(xiè),淘去污泥。莫食:没有人食用。意思是说,怕自己像淘干净的井水一样而没有人饮用。这两句都是指不被重用。

㊲ 栖(qī)迟:游息。徙(xǐ)倚:徘徊,停留。

㊳ 白日:指太阳。忽:快速。匿(nì):隐藏,指太阳落山。

㊴ 萧瑟(sè):形容风吹树木发出的声音。并兴:指风从四面八方同时刮起。

㊵ 惨惨:暗淡无光。无色:没有光亮。

㊶ 狂顾:急剧顾视。求群:寻找兽群,指野兽到天晚时跑到一起。

㊷ 相鸣:互相鸣叫。举翼:扇动翅膀。这句说鸟儿互相呼叫着飞回。

㊸ 阒(qù):寂静无声。

㊹ 征夫:远行的人。息:停息。

㊺ 凄怆(chuàng):凄凉悲伤。感发:感触。

㊻ 意:心情。忉怛(dāo dá):忧伤,悲痛。憯恻(cǎn cè):惨痛。憯同"惨"。恻:悲伤。

㊼ 循:沿着。阶除:阶梯。下降:指下楼。

㊽ 交愤:心中聚结郁闷。胸臆:胸中。臆,即胸。

㊾ 参(cān):及,到。夜参半:直到半夜。寐(mèi):睡。

㊿ 怅(chàng):惆怅,不如意,不痛快。盘桓(huán):前思后想。反侧(cè):翻来覆去地睡不着觉。

　　登上这座城楼而四处观望啊,姑且借着今天来排遣忧愁闷气。看这城楼所处的环境啊,实在豁亮宽敞没有可比。下临清静的漳水支流,紧靠曲折的沮水沙堤。北面是高起平坦的宽阔的陆地啊,南面是水边低湿肥沃的土地。北面极远处有陶朱公的郊野,西面连接着楚昭王的荒丘。花果遮蔽了原野,五谷遍布田间。虽然确实美好,但不是我的故乡啊,这却怎么值得我稍作留恋!

　　遭遇动乱而迁徙流亡啊,十多年漫长日月已挨到今天。眷恋故土的深情时时思归啊,这忧愁的心思谁能承担?倚靠着窗栏遥望远方啊,面对北风把衣襟敞开。我极力向辽远的平原望去啊,荆山的峰峦遮住了视线。路曲折而长远啊,河水又宽又深渡过很难。归路阻绝内心悲伤啊,热泪零落接连不断。从前孔子在陈被困啊,也曾发出"回家吧"的感叹;钟仪被囚弹楚曲啊,唱越音的庄舄已做高官。思念乡土是人的共同感情啊,怎么会因处境不同而心情改变。

　　想那时光一天天逝去啊,等待太平却没有日期。希望政治稳定清明啊,凭借盛世施展自己的才力。生怕自己像葫芦那样空挂着不用啊,怕像淘清的井水没有人来饮。走走停停在楼上徘徊啊,太阳很快就将西坠。风萧萧而四面起啊,天暗淡而失去光辉。野兽发狂地四顾寻找同类啊,群鸟悲鸣着展翅急回。原野寂静没有人影啊,行人赶路不敢停息。我心凄凉感触万端啊,忧伤的情意更加悲凄。沿着楼梯拾级而下啊,忧愤和郁闷在胸中凝聚。直到半夜都不能入睡啊,惆怅辗转中我思来想去。

《登楼赋》是一篇著名的借景抒情的小赋，历来为人传诵，被称为"魏晋之赋首"。

全赋共分三段。

第一段，开篇两句先点题，交代登楼四望是为了"销忧"，并以此作为全赋总纲。接下十句写登楼遥望所见景物，着重铺写城楼周围环境景色。通过"通浦"、"长洲"、"广陆"、"沃流"、"华实蔽野"、"黍稷盈畴"等来衬托这一周围环境的"显敞"和"信美"。最后两句"虽信美而非吾土兮，曾何足以少留"，自然、巧妙地落在"忧"字上，点出览景非但没有"销忧"，反而勾起怀归的愁情。

第二段，先直抒怀归之情。"情眷眷而怀归兮，孰忧思之可任"，写出怀归的迫切。接着下面八句写眺望家乡的所见所感。作者极写"平原远"、"蔽荆山"、"路逶迤"、"川既漾"等景色，来衬托"悲旧乡之壅隔兮，涕横坠而弗禁"的怀归之忧，把景与情融合在一起，收到强烈感染读者的效果。最后六句，借尼父、钟仪、庄舄的古人古事，来写怀归的迫切。"人情同于怀土兮，岂穷达而异心"，这一结一问，强烈表达了作者对故土的眷念之情和深切忧思。

第三段，总抒自己怀才不遇之忧。怀才不遇，既是作者思乡怀归的原因，又是登楼"销忧"的主题。前六句，紧承前两段的怀归之情，写怀归原因。时光流逝，天下还不太平，政治还不稳定，才能无法施展，这怎么能使他不心忧呢？"匏瓜之徒悬"，"井渫

汉魏六朝赋

之莫食"两句比喻,道出了作者此时被弃置埋没的处境和怀才不遇的隐忧。"惧"和"畏"二字,正是作者"忧"的核心。于是触景伤情,"日将匿"、"风萧瑟"、"天惨惨"、"兽狂顾"、"鸟举翼"、"野无人"、"征夫行"等景色,无不使作者感触而心凄怆、意忉怛。这样情景交融已达妙处,作才忧愤之情已达高潮。结尾写作者循阶下楼"气交愤",夜已参半而不能入睡,这不仅是首尾呼应之笔,而且进一步深化了主题。登楼原想"销忧",结果"交愤"之情反更加剧。

这篇赋,在艺术上最突出的地方是情景交融恰到好处。王粲完全屏弃了两汉大赋景物描写的过分铺张,他的写景精练不繁,与情紧密结合,其技巧之高超,构思之严谨,令人叹服。它是辞赋史上抒情小赋最成功的代表作之一。

汉魏六朝赋

洛神赋 并序

曹 植

黄初三年①，余朝京师，还济洛川②。古人有言，斯水之神名曰宓妃③。感宋玉对楚王神女之事④，遂作斯赋⑤。其辞曰⑥：

余从京城，言归东藩⑦。背伊阙，越轘辕⑧。经通谷，陵景山⑨。日既西倾，车殆马烦⑩。尔乃税驾乎蘅皋，秣驷乎芝田⑪。容与乎阳林，流眄乎洛川⑫。

于是精移神骇，忽焉思散⑬。俯则未察，仰以殊观⑭。睹一丽人，于岩之畔⑮。乃援御者而告之曰⑯：尔有觌于彼者乎⑰？彼何人斯，若此之艳也⑱！御者对曰："臣闻河洛之神，名曰宓妃⑲。然则君王之所见，无乃是乎⑳？其状若何？臣愿闻之㉑。"

余告之曰："其形也，翩若惊鸿，婉若游龙㉒；荣耀秋菊，华茂春松㉓。仿佛兮若轻云之蔽月，飘飘兮若流风之回雪㉔。远而望之，皎若太阳升朝霞㉕；迫而察之，灼若芙蕖出渌波㉖。秾纤得衷，修短合度㉗。肩若削成，腰如约素㉘。延颈秀项，皓质呈露㉙。芳泽无加，铅华弗御㉚。云髻峨峨，修眉联

娟㉛。丹唇外朗,皓齿内鲜㉜。明眸善睐,靥辅承权㉝。瑰姿
艳逸,仪静体闲㉞。柔情绰态,媚于语言㉟。奇服旷世,骨象
应图㊱。披罗衣之璀粲兮,珥瑶碧之华琚㊲。戴金翠之首饰,
缀明珠以耀躯㊳。践远游之文履,曳雾绡之轻裾㊴。微幽兰
之芳蔼兮,步踟蹰于山隅㊵。于是忽焉纵体,以遨以嬉㊶。左
倚采旄,右荫桂旗㊷。攘皓腕于神浒兮,采湍濑之玄芝㊸。"

余情悦其淑美兮,心振荡而不怡㊹。无良媒以接欢兮,
托微波而通辞㊺。愿诚素之先达兮,解玉佩以要之㊻。嗟佳
人之信修兮,羌习礼而明诗㊼。抗琼珶以和予兮,指潜渊而
为期㊽。执眷眷之款实兮,惧斯灵之我欺㊾。感交甫之弃言

兮,怅犹豫而狐疑㊿。收和颜而静志兮,申礼防以自持㉑。

于是洛灵感焉,徙倚彷徨㉒。神光离合,乍阴乍阳㉓。竦轻躯以鹤立㉔,若将飞而未翔。践椒途之郁烈,步蘅薄而流芳㉕。超长吟以永慕兮,声哀厉而弥长㉖。

尔乃众灵杂遝,命俦啸侣㉗。或戏清流,或翔神渚㉘。或采明珠,或拾翠羽㉙。从南湘之二妃,携汉滨之游女㉚。叹匏瓜之无匹兮,咏牵牛之独处㉛。扬轻袿之猗靡兮,翳修袖以延伫㉜。体迅飞凫,飘忽若神㉝。凌波微步,罗袜生尘㉞。动无常则,若危若安㉟。进止难期,若往若还㊱。转眄流精,光润玉颜㊲。含辞未吐,气若幽兰㊳。华容婀娜,令我忘餐㊴。

于是屏翳收风,川后静波㊵。冯夷鸣鼓,女娲清歌㊶。腾文鱼以警乘,鸣玉銮以偕逝㊷。六龙俨其齐首,载云车之容裔㊸。鲸鲵踊而夹毂,水禽翔而为卫㊹。于是越北沚㊺,过南冈,纡素领,回清阳㊻。动朱唇以徐言,陈交接之大纲㊼。恨人神之道殊兮,怨盛年之莫当㊽。抗罗袂以掩涕兮,泪流襟之浪浪㊾。悼良会之永绝兮,哀一逝而异乡㊿。无微情以效爱兮,献江南之明珰㈠。虽潜处于太阴,长寄心于君王㈡。忽不悟其所舍,怅神宵而蔽光㈢。

于是背下陵高,足往神留㈣。遗情想像,顾望怀愁㈤。冀灵体之复形,御轻舟而上溯㈥。浮长川而忘反,思绵绵而增慕㈦。夜耿耿而不寐,霑繁霜而至曙㈧。命仆夫而就驾,吾将归乎东路㈨。揽骈辔以抗策,怅盘桓而不能去㈩。

讲一讲

　　曹植(192～232),字子建,沛国谯(qiáo),(今天的安徽省亳县)人,曹操的第三个儿子,曾被封为陈王,世称陈思王。曹植聪颖有才学,早年被曹操所宠爱,一度欲立他为太子,后失宠。曹丕、曹睿相继即位,曹植备受猜忌。十一年中,六次变更爵位,三次迁徙封地,一直处于被监视受压抑的地位。四十一岁便郁郁而死。他是建安时期最著名的诗人,也善于写赋,最有名的就是《洛神赋》,作于 222 年,曹植三十一岁时。这一年,曹植被封为鄄城王,来京师洛阳见曹丕,回封地时,路经洛阳郊外的洛水。相传伏羲氏之女宓妃溺死在洛水,为洛水女神。曹植触景生情,联想到战国时代宋玉曾写《神女赋》,遂仿其内容体例而作《洛神赋》。

　　① 黄初:魏文帝曹丕的年号。黄初三年,即 222 年。

　　② 朝京师:到京都洛阳朝见魏文帝曹丕。还:指返回封地鄄城。济:渡,洛川:即洛水。

　　③ 斯:这。宓妃(fú fēi):相传是伏羲氏之女,淹死在洛水,成为洛水之神。

　　④ 感:有感触。宋玉:战国时楚人,屈原的弟子,曾作《神女赋》,记述与楚襄王对答梦见神女的故事。楚王:指楚襄王。

　　⑤ 遂:于是,就。

　　⑥ 辞:赋辞。"其辞曰"以上是赋的序,以下是赋的正文。赋序说明作赋的缘由。

　　⑦ 京域:京城地区。言:语助词。东藩:东边的封地,指鄄

(juàn)城,在现今的山东省。

⑧ 背:离开。伊阙(què):山名,在现今的河南洛阳南。镮(huán)辕:山名,在现今的河南偃师县东。

⑨ 通谷:山谷名,在今天的河南洛阳东南。陵:升,登上。景山:山名,在今天的河南偃师县南。

⑩ 既:已经。倾:偏,斜。殆(dài):同"怠",懈怠。烦:疲劳。车殆马烦是说马累车也慢了。

⑪ 尔乃:这就。税驾:解下驾车的马。乎:于,在。蘅皋(héng gāo):有香草的水边高地。蘅:香草名。皋:水边高地。秣(mò):喂牲口。驷(sì):驾一辆车四匹马,这里指马。芝田:种有芝草的田野。

⑫ 容与:徘徊缓进。阳林:一说即杨林,其地多生杨树。流眄(miào):纵目眺望。

⑬ 于是:在这个时候。精移神骇:精神受到震动。忽焉:忽然。思散:思绪散乱。

⑭ 俯:低头。察:看见。仰:抬头。以:却。殊观:特别景象。

⑮ 睹:看见。丽人:美人。岩之畔:山脚。

⑯ 乃:就。援:拉住。御者:车夫。

⑰ 尔:你。觌(dí):看见。彼者:那人。

⑱ 彼何人斯:那是什么人啊。斯:语气助词。若此:如此。艳:美丽。

⑲ 臣闻:我听说。河洛:洛河,洛水。

⑳ 然则:那么。君王:指曹植,当时是鄄城王。无乃:恐怕就是。是指洛神。

㉑ 其状:她的状貌。若何:如何,怎么样。臣:御者自称。

㉒ 形：形态。也：语气词，表提示。翩（piān）：轻快地飞，这里指女神轻捷飘忽的样子。游龙：游动的神龙。

㉓ 荣：光彩。耀（yào）：鲜明。华：容颜。茂：茂盛。

㉔ 仿佛：似有若无。飘飘：飘忽不定。回雪：旋转的雪花。

㉕ 皎（jiǎo）：明亮。

㉖ 迫：近。灼（zhuó）：鲜艳明亮。芙蕖（fú qú）：荷花。渌（lù）波：碧绿的微波。

㉗ 秾纤（nóng xiān）：丰满瘦弱。衷：适中。修：修长。合度：适度。

㉘ 削成：像刀削一样的垂肩。约：束。素：白色的绢。

㉙ 延颈秀项：颈项秀长。延：长。皓质呈露：露出白皙的皮肤。皓：白。

㉚ 芳泽：润肤的香脂。无加：不必再施加了。铅华：白粉，一种化妆品。弗御：不必再施用。

㉛ 云髻：如云的发髻。峨峨：高耸的样子。修眉：细长的眉毛。联娟：微微弯曲。

㉜ 丹唇：朱红的嘴唇。朗：明朗。皓齿：雪白的牙齿。内鲜：在口中鲜明。

㉝ 明眸（móu）：明亮的眼珠。善睐（lài）：顾盼多姿。靥（yè）辅：有酒窝的两颊。承权：在颧骨下面。权同"颧"。

㉞ 瓌（guī）姿：美好的姿容。瓌同"瑰"。艳逸：美丽超脱。仪静体闲：仪容安静，体态从容。

㉟ 柔情绰态：情态温柔宽和。绰（chuò）：宽和。媚于语言：语言妩媚动人。

㊱ 旷世：旷绝一世，世上没有。旷：空，绝。骨象：指佳人的

相貌。应图:如画。

㊲披:穿。璀粲:光柔鲜明。珥(ěr):耳环,这里作动词用,即佩戴的意思。瑶碧:玉质的耳环名。华琚(jū):雕有花纹的玉。

㊳金翠:指金质和翡翠的首饰。首饰:指戴在头上的装饰品。耀躯:使身体容光焕发。

㊴践:脚上穿着。远游:走远路。文履(lǚ):绣花鞋。曳(yè):拖着。雾绡(xiāo):轻薄如雾的纱。绡:生丝织品。裾(jū):裙边。

㊵微:作动词,隐蔽的意思。幽兰:兰花。芳蔼(ǎi):香气。步:慢走。踟蹰(zhí chú):徘徊,缓步走。山隅(yú):山边,山角。

㊶纵体:舒散身体,形容一种自然洒脱的动作。以遨以嬉:边散步嬉戏。

㊷采旄(máo):彩色的旗子。桂旗:以桂树枝为旗杆的旗子。

㊸攘(rǎng):捋(luō)出。神浒(hǔ):指洛水岸边。浒:水边。湍濑(tuān lài):很急的流水。玄:黑色的。

㊹悦:爱慕。淑美:美好。振荡:感情冲动。不怡(yí):不安静。

㊺良媒(méi):合适的媒人。接欢:接通欢爱之情。托微波:通过眼波。通辞:传达言语。

㊻诚素:真诚的爱慕之情。先达:先于别人传达给她。要(yāo):同"邀",约会。

㊼嗟(jié):赞叹词。信修:确实美好。羌(qiāng):语助词。习礼:懂得礼法。明诗:通晓诗书。

㊽抗:举起。琼珶(qíng dì):美玉名。和(hè)予:应和我,

答应回报的意思。潜渊:深水,指女神所居之处。为期:约定相会日期。

㊽ 执:持,怀着。眷眷:恋恋不舍。款实:真挚的情意。惧:害怕。斯灵:这位女神。我欺:即欺我,欺骗我。

㊾ 感:想到。交甫:指郑交甫,传说他行于汉水之滨,遇二仙女,要求仙女解玉佩给他,仙女给了他,交甫行数步,玉佩、仙女都不见了。弃言:指二仙女背弃信言。狐疑:将信将疑。

㊿ 收:收敛。和颜:喜悦的笑容。静志:使自己心志冷静下来。申:重申,尽力去想。礼防:礼法的约束,指人神之界,男女之防。自持:控制自己。

○52 洛灵感焉:洛神受到了感动。徙倚彷徨:徘徊的意思,表明思想斗争的激烈。

○53 神光:洛神的身影。离合:忽离忽合。乍(zhà)阴乍阳:忽暗忽明。

○54 竦(sǒng):耸立。鹤立:像鹤一样站立。

○55 践:踩。椒(jiāo):香草名。郁烈:浓烈的香味。蘅薄:布满香草的地方。流芳:香气流动。

○56 超长吟:高声吟唱。永慕:长相思。哀厉:悲哀凄厉。弥长:久长。

○57 众灵:众神。杂遝(tà):众多。命俦(chóu)啸侣:呼朋唤侣。"命"和"啸"都是呼叫、招引的意思,"俦"和"侣"都是同伴、伴侣的意思。

○58 或:有的。戏清流:在清清流水里嬉戏。渚(zhǔ):水中的小岛。神渚,指洛水中的小岛。

○59 翠羽:翠鸟的羽毛,翠绿色,可做饰物。

⑥⓪ 从：跟随。南湘之二妃：传说尧的两个女儿嫁给舜，就是娥皇和女英。舜南巡时死于苍梧，二妃去寻找，死在江湘之间，成为湘水之神，又称湘妃。汉滨之游女：游女是汉水的女神。滨，水旁。

⑥① 匏(páo)瓜：星名，不与别的星相接，用来比喻没有配偶。无匹：无配偶。咏：叹。牵牛：星名，传说与织女星为夫妻，但隔天河相对，只有每年七月初七夜间才能相会一次，用来比喻孤独。独处(chǔ)：单独一个人居住生活。

⑥② 袿(guī)：女子上衣。猗(yī)靡：随风飘动的样子。翳(yì)：遮蔽。修袖：长袖。延伫(zhù)：久立，不忍离去。这两句是说，洛神那被掀起的轻软上衣，随风飘动，她用长袖遮住自己，久久伫立凝望，不忍离去。

⑥③ 体迅飞凫(fú)：身体比飞鸭还迅捷。飘忽若神：飘然疾逝像神仙一样。

⑥④ 凌波：在水面上行走。微步：举步轻盈。罗袜(wà)生尘：指洛神罗袜所经过的地方，也印有足迹。

⑥⑤ 动无常则：行动没有固定的规律。若危若安：时而显得惊险，时而显得平安。

⑥⑥ 进止：行进和休止。难期：难以预测。若往若还：像是要离去，又像是要转回。

⑥⑦ 转眄：目光转动。流精：神采飞扬。光润：兴泽温润。玉颜：如玉的容颜，形容美貌。

⑥⑧ 含辞未吐：有话还未开口说。气若幽兰：气息如兰花飘香。

⑥⑨ 华容：即花容，美丽的容貌。婀娜(ē nuó)：妖媚。

⑦ 屏翳：神名，风神。川后：河水之神。静波：使波涛平静下来。

⑦ 冯（píng）夷：即河伯，传说冯夷浴于河中而死，后为河伯。鸣鼓：击鼓。女娲（wā）：神话中的女神，曾炼五色石补天，又传说笙簧为她所作。

⑦ 腾：飞跃。文鱼：有翅会飞的鱼。警乘：担任警卫的车乘。玉鸾：玉石做的鸾铃。偕（xié）逝：一块离去。偕，俱，共同。

⑦ 六龙：为神人驾车的龙。俨（yān）：庄严的样子。齐首：齐头并进。云车：神人所乘的车。容裔（yī）：同"容与"，从容缓进。

⑦ 鲸鲵（ní）：鲸鱼。毂（gǔ）：车轮。为卫：在旁边保卫。

⑦ 沚（zhǐ）：水中小块陆地。

⑦ 纡（yū）：回转。素领：雪白的脖子。回：扭转。清阳：眉目清秀，指脸面。

⑦ 动朱唇：开口。徐言：慢言慢语。陈：讲述。交接：彼此交往。大纲：大概的意思。

⑦ 恨：遗憾。道殊：指人神之间阻隔不通。怨：怨恨。盛年：青壮年。莫当：没遇到。

⑦ 抗：举起。罗袂（mèi）：罗袖。掩涕：擦眼泪。浪浪：流泪不止的样子。

⑧ 悼（dào）：悲伤。良会：美好的聚会。永绝：永远不会再有了。哀：伤心。一近而异乡：一离开就天各一方。

⑧ 微情：微小的爱情。效爱：表达爱恋之意。明珰（dāng）：明珠做成的耳环。

⑧ 潜处：潜居。太阴：指众神居住的太阴地府。长：永远。

寄心于君王:把心寄托给君王。君王,指曹植。

⑧ 忽:忽然。不悟:没弄明白。其所舍:指洛神居上的地方。怅:怅恨。神宵:女神的形象消失。宵,同"消"。蔽光:光彩被遮蔽,光线暗淡。

⑧ 背下陵高:离开低处升到高的地方。足往神留:意思是脚虽然在往前走,可心却留在那里没动。

⑧ 遗情想像:洛神留下的情思尽力去想像。顾望怀愁:四处一看使人生愁。

⑧ 冀:希望。复形:重现身形。御轻舟:驾着轻快的小船。溯:逆流而上。

⑧ 浮长川:船行在长长的洛水之上。忘反:忘记返回。反,同"返"。思绵绵:情思不断。

⑧ 耿耿:形容睡觉不安稳。不寐:不能入睡。霑(zhān):同"沾",浸湿。繁霜:形容霜多。曙:天亮。

⑧ 仆夫:指车夫。就驾:准备好车马。东路:东去的路。

⑨ 揽:执,拿着。骈(fēi):车辕旁边的马,也叫骖(cān)。辔(pěi):马缰绳。抗策:举起马鞭。怅:惆怅。盘桓(huán):盘旋徘徊。去:离开。

译过来

黄初三年,我到京都洛阳朝见文帝,返回封地渡洛水。古人传说,这洛水的女神叫宓妃。有感于宋玉写楚王梦见神女之事,于是就写了这篇赋。赋辞如下:

我从京城出来,要回东边的封地。离开伊阙,翻过辕辕,经过通谷，登上景山。太阳已经西倾，车马也已疲劳。于是解马御车停在蘅皋，在长满兰草的田野上喂马。徘徊在阳林一带，纵目眺望洛川。

这时，我的精神受到震动，忽然思绪散乱。低头时什么也没看见。抬起头却出现了特别的景观。看见一位美女，在山的旁边。我就拉住车夫告诉他："你看见那人没有？那是什么人啊，竟然如此美丽动人。"车夫回答说："我听说是洛水之神，名叫宓妃。那么君王所看见的，莫非就是此神？她的状貌如何？我愿听你说一说。"

我告诉他说：她的身姿，轻捷飘忽像惊起的鸿雁，柔曲婉像游动的神龙。神彩奕奕如秋菊，容颜丰茂如春松。她若隐若现像轻云遮月，飘忽不定像风中回旋的雪花。远处看她，明亮得像太阳从朝霞中升起；近处看她，鲜艳得像清水中挺出的芙蓉。她胖瘦适中，长短合度，肩垂如刀削，腰细如束素。秀长的颈项，显露出白皙的皮肤。不须用香脂，不须施白粉。如云的发髻高耸着，细长的眉毛微微变曲。丹唇明朗，雪齿鲜明。明亮的眼珠左右顾盼，动人的酒窝在颧骨下边。美好姿容艳而不俗，文静娴雅体态从容。温柔宽和，语言动听。奇异的服饰世所未见，她的相貌恰似图画一般。披着光彩灿烂的罗衣，佩着玉质花纹的耳环。穿着远游的绣花鞋，拖着轻薄如雾的纱裙。微微透出兰花的香气，慢步行走徘徊在山角。这时忽然舒散身躯，边散步边嬉戏。在左边斜倚彩色旗帜，到右边又躲在桂树旗杆下面。洁白的手臂伸进洛水，在滩边采摘黑色的灵芝。

我心中爱慕她美丽的容貌啊，感情的冲动使我不能平静。没有良媒去接通我的情爱啊，只有通过眼波来传递深情。希望真诚的情感比别人表达在先啊，解下玉佩作为邀她相会的信物。可叹这佳人确实美好啊！不仅懂礼貌而且通诗文。她举起玉佩来回报啊，指着深水约定日期。怀着恋恋的真挚情意啊，但又怕女神把我欺骗。想到郑交甫被弃的事啊，悲伤犹豫使我将信将疑。敛起笑容冷静下来啊，强用礼法来约束自己。

这时女神也受到感动，徘徊往返心神不宁。身影忽离忽合，神情忽暗忽明。她耸立的身形如仙鹤站立，像要飞又不肯离去。在浓香的草路上徘徊，踩着散发清香的草地。她高声吟唱情意绵绵，悲哀凄厉余的悠长。

于是招来众多神女，呼朋唤侣结伴同行。有的嬉戏在清清的流水，有的翱翔在洛水沙洲。有的采集粒粒明珠，有的拣拾翠鸟毛羽。身后跟着南湘的两位女神，还拉着汉水之滨的神女。感叹瓠瓜之星无配偶啊，感慨牵牛星孤独的生活。微风掀动洛神的轻衣啊，她长袖遮面伫立不去。忽然她迅捷如水鸟，飘然疾逝。水面上举步轻盈，身影过处有清清的足印。行动无常难捉摸，时而惊险时而太平。行进休止难预测，像要离去又像飞还。转眼流盼含情脉脉，光泽温润容颜如玉。满腹话语欲言又止，女神气息如兰花飘香。美丽的容貌多么妩媚，让我思念得废寝忘食。

这时风神屏翳收住风势，河神川后使河水平静。冯夷击鼓，女娲奏乐。文鱼飞跃做警卫，鸾铃叮咚伴着神女们离去。六龙驾车庄严并进，仙车腾起从容而行。鲸鱼出水在车旁护送，水鸟飞翔在空中守卫。于是仙车越过北面的小洲，飞过南面的山冈。洛神弯过雪白的脖颈，转回多情的目光。开口慢言慢语，陈述交往经过。遗憾那人神阻隔不可通啊，怨恨那壮年时未曾相逢。

举起罗袖不住抹泪啊,泪湿衣襟不断流淌。悲伤那美好的会见永不再来啊,伤心此一去就要天各一方。微情不能表达深切爱恋啊,献上江南明珠制作的耳环。即使潜居在太阴地府,也永远把心寄托给君王。忽然看不出她在什么地方,可恨光线暗淡神影全消。

于是我离开低地走上高坡,脚虽然走开心却留在原地。尽力想像洛神留下的情思,四处一看顿生愁情。希望洛神身影能够重现,驾着轻舟逆流追寻。浮游长河忘记归返,情思绵绵更添悬念。长夜难眠不能入睡,满身霜露天已达旦。命车夫备好车和马,我要回到东去的路。拉紧马缰举起马鞭,惆怅徘徊不忍离去。

帮你读

《洛神赋》全文共分八段,文前一段是小序。小序文字简练,说明作此赋的缘由。其缘由是作者在黄初三年(222 年)去京城朝见文帝,回来渡洛水时,有感于宋玉写楚王梦见神女之事,"遂作斯赋"。

赋的第一、二段,写作者回封地途中经过洛水,与洛神相遇的情景。第一段写作者离开洛阳,一路辛苦跋涉,到达洛水之滨。这时,"日既西倾,车殆马烦",于是停车喂马,漫步阳林晚霞夕照,眺望洛川。这段是为洛神的出现作铺垫。第二段写作者在眺望洛川时,突然看见洛神"于岩之畔"。通过与车夫问答,交代了洛神的由来,并为下文描写洛神作引线。

第三段借回答车夫问话描绘洛神仪态、容貌和风度。总写仪态,突出的特点是使用一连串形象贴切的比喻,并借助多变的句式。作者从不同的角度,把洛神比作"惊鸿"、"游龙"、"秋菊"、"春松",比作"轻云之蔽月"、"流风之回雪"。又从远望近察两个角度,将女神比作"太阳升朝霞"、"芙蕖出渌波"。写容貌是从整体到局部,描写具体细致。先写身材的胖瘦高矮适度,再写削肩、细腰、秀项、白肤,并用"芳泽无加,铅华弗御",来描绘女神玉质天成的美容。然后写头部,从高耸的发髻、弯弯的眉毛,到"丹唇"、"皓齿"、"明眸"、"靥辅",具体而生动。对洛神的风度则抓住"艳逸"、"休闲"、"情柔"、"语媚"进行描述。写服饰,极写罗衣、珥环、首饰、明珠、文履、轻裾等的光采华美。最后由静态描写转到动态描写,通过对洛神"微幽兰"、"步踟蹰"、"左倚"、"右荫"、"攘皓腕"、"采湍濑"等动作的描写,使这位天真活泼在山角"以遨以嬉"的女神,已呼之欲出了。

　　第四、五、六段,写作者与洛神约会的情景。第四段写为洛神美貌所动,引发爱慕之情,于是"托微波而通辞","解玉佩以要之"。女神应和回报之后,作者反而"惧斯灵之我欺"。对"我"这一复杂心理的描写,为下文的情离埋下了伏笔。第五段,通过洛神的一系列动作,刻画了她复杂的心理状态。洛神为"我"所感动之后,"徙倚彷徨",斗争激烈。她长吟哀厉,既抒发了对作者的"永慕"之情,又表达了对人神障碍的满腔悲愤,暗示出情离的必然性。第六段进一步刻画洛神留恋踟蹰、难分难舍的复杂情态。作者通过洛神呼朋唤侣,嬉戏清流,烘托洛神孤独的心态,"叹匏瓜之无匹兮,咏牵牛之独处"便是点睛之句。接着通过洛神的"翳修袖以延伫"、"若往若还"、"含辞未吐"等动作和神态描写,来表现洛神留恋踟蹰、情意绵绵的复杂情感。

　　第七段写情离,洛神因人神阻隔,不得交欢,怨恨而去。作者借用神话传说,充分渲染仙驾欲归的动人气氛。洛神虽无可奈何渐渐远去,但她"纡素领"、"回清阳"、"动朱唇",痴情难断,"恨人神之道殊兮,怨盛年之莫当",这"恨"与"怨"是久积洛神心中而终于倾吐出来的心底之言,是她对爱情障碍表现出的最强烈的愤慨。一想到此去就是"永绝",她禁不住"泪流襟之浪浪",终于以"江南之明珰"相赠,表达"长寄心于君王"的深切爱恋之情。洛神这一反抗行为,使这场爱情悲剧发展到高潮,作者也陷入了更为痛苦的思想和惆怅之中。

　　第八段是结尾,描写洛神离去后作者的苦恋之情。洛神怅恨离去,作者急忙追上高坡,但哪里还有洛神的踪影?他的神思还留在水滨相会的地方,渴望洛神能再出现,他"御轻舟而上溯",但却更增添了思念,彻夜难眠。最后虽挽缰举鞭,但仍惆怅徘徊难上归路。这段主要通过对作者动作及心理的描写,来表现作者绵绵苦情,与洛神之恋相呼应。

　　《洛神赋》成功地塑造了一个追求理想、执著如一的女性形象。作品情节完整,手法多变,语言华美而不晦涩,感情真挚而不做作。前人曾对其思想性和艺术性给予很高评价,认为是建安辞赋中的一篇优秀的代表作品。

汉魏六朝赋

思旧赋 并序

向 秀

　　余与嵇康、吕安居止接近①,其人并有不羁之才②。然嵇志远而疏,吕心旷而放,其后各以事见法③。嵇博综技艺,于丝竹特妙④;临当就命,顾见日影,索琴而弹之⑤。余逝将西迈,经其旧庐⑥。于时日薄虞渊,寒冰凄然⑦。邻人有吹笛者,发声寥亮⑧。追思曩昔游宴之好,感音而叹,故作赋云⑨。

　　将命适于远京兮,遂旋反而北徂⑩。济黄河以泛舟兮,经山阳之旧居⑪。瞻旷野之萧条兮,息余驾乎城隅⑫。践二子之遗迹兮,历穷巷之空庐⑬。叹《黍离》之愍周兮,悲《麦秀》于殷墟⑭。惟古昔以怀今兮,心徘徊以踌躇⑮。栋宇存而弗毁兮,形神逝其焉如⑯。昔李斯之受罪兮,叹黄犬而长吟⑰。悼嵇生之永辞兮,顾日影而弹琴⑱。托运遇于领会兮,寄余命于寸阴⑲。听鸣笛之慷慨兮,妙声绝而复寻⑳。停驾言其将迈兮,遂援翰而写心㉑。

讲一讲

　　向秀(约227~约272),字子期。河内怀(今天的河南武陟县西南)人。魏晋时哲学家、文学家,官至黄门侍郎、散骑常侍。他曾为《庄子》作注,擅长诗赋。因与嵇康、阮籍、山涛、刘伶、阮咸、王戎等七人常游于竹林,被称为"竹林七贤",是魏晋时期一个著名文人集团。后因政治上的分歧,七贤分化。向秀隐居山阳时,曾和嵇康一起打铁,又曾和吕安一起浇园,情谊深厚。吕安的哥哥与司马昭的谋士钟会过往亲密,哥哥霸占了吕安的妻子,反诬告吕安不孝,嵇康为之辩护。司马昭听信钟会谗言,将嵇康、吕安一并杀害。临刑前,嵇康看看日影。刑时将到,索琴弹了一曲《广陵散》。嵇康死后,向秀迫于司马昭的权势,赴洛阳应举,回来途中绕道山阳嵇康旧居来凭吊,特意写了这篇短赋以表示哀思和愤慨。

　　① 嵇康(223~262):字叔夜,谯郡铚(今天的安徽宿县西南)人。他博学多艺,善鼓琴,工书画,崇尚老、庄,是"竹林七贤"的核心,与阮籍齐名。吕安(? ~262),字钟悌,东平(今属山东)人。居止接近:居住的地方离得很近。

　　② 其人:那两个人,指嵇康、吕安。并:皆,都。不羁(jī):不受束缚,比喻人的才质俊逸。

　　③ 志远而疏:志向高远,对世俗事物不放在心上。心旷而放:心胸开阔,疏略世间人事。以:因。这里指嵇康蔑视司马氏拒不做官和吕安妻被占反被诬告不孝之事。见法:被依法处死,指嵇康、吕安被杀害。见,被。

④ 博:多。综:集合,丝竹:指琴筝箫笛等乐器,也泛指音乐。特妙:特别精妙。

⑤ 临当:临到。就命:结束生命。就,终。顾:看。索:要,讨取。

⑥ 逝:往。迈:去。其:指嵇康。旧庐:过去居住过的地方。

⑦ 于时:在这时。薄:临近,迫近。虞(yú)渊:古代神话中太阳落山的地方。凄然:形容寒冷的状态。

⑧ 邻:邻居。寥亮:嘹亮。

⑨ 追思:回想。曩(nǎng):从前。昔:过去。游宴之好:游乐宴饮的友好感情。感音:因为听到笛声有所感触。叹:伤叹。故:所以。作:写作。云:这里指代下文。

⑩ 将命:奉命。适:往。于:到。远京:远方的京城,指洛阳。遂:于是。旋反:很快返回。反同"返"。北徂(cú):往北走。

⑪ 济:渡。泛舟:坐船。山阳:嵇康的旧居,在今天的河南修武。

⑫ 瞻:远望。萧条:寂寞冷落,没有生气。息:停歇。驾:车马。乎:于。城隅:城角的地方。

⑬ 践:踏着。二子:指嵇康和吕安。遗迹:留下的脚印。历:走过。穷巷:冷落空荡的街道小巷。空庐(lú):空房子。

⑭《黍离》:《诗经》中的一篇。周朝王室东迁,史称东周。周大夫经过周朝故都,见到周朝的宗庙宫室长满了禾黍,悲伤周朝的灭亡,不忍离去。因而作了此诗。诗中有这样几句:"彼黍离离,彼稷之苗。行迈靡靡,中心摇摇。知我者谓我心忧,不知我者谓我何求。悠悠苍天,此何人哉!"愍(mǐn):同"悯",忧伤的样子。黍离:禾黍茂盛。《麦秀》:商朝灭亡,王室的微子去朝见周

天子,经过殷商的故都,见宫室已成了田地。生长着庄稼,很伤感,作《麦秀》歌道:"麦秀蕲蕲(qí)兮,禾黍油油。彼狡童兮,不我好仇。"悲:哀痛。殷墟(xū):商朝都城所在的地方。麦秀:禾麦生长。后人常以"麦秀"、"黍离"来表达亡国之悲。

⑮ 惟:想。以:而。心徘徊以踌躇:犹豫不决的意思。

⑯ 栋宇:指屋子。弗(fú):不。形神:形体和精神。逝:去,不存在。其:指代形神。焉:何,哪里。如:动词,往。

⑰ 李斯(? ～前208):上蔡(今天的河南上蔡西)人。他在秦始皇时任丞相,秦二世时为左丞相。赵高想做丞相,设计陷害李斯谋反,秦二世将李斯杀了,并灭其全族。受罪:受刑。叹黄犬而长吟:李斯被杀,监刑时对儿子说:"吾欲与若复率黄犬,出上蔡东门逐狡兔,岂可得乎?"意思是说:我想跟你再带着黄狗,到上蔡东门外去打猎,怎么可能呢?

⑱ 悼:哀痛。嵇生:嵇康。永辞:永远辞别人世,指死。

⑲ 运遇:命运。余命:残余的生命。寸阴:指嵇康被杀前极短的时间。

⑳ 慷慨:指笛声悲凉、嘹亮。妙声:美妙的笛声。寻:继续。

㉑ 停驾:停下车子。援翰(hán):执笔,拿起笔。写心:书写心中的感慨。

 译过来

　　我和嵇康、吕安居住的地方很近,这两个人都有不受束缚的才能,然而嵇康志向高远而疏远世事,吕安心胸豁达而情感放纵。后来两个人都因事被依法处死。嵇康多才多艺,在音乐上

最精妙，临到结束生命的时刻，看看太阳的影子，知道死时已到，就讨取一张琴而弹起乐曲来。我往西去洛阳，归来经过嵇康的旧居。这时太阳已要落山，寒冷如冰雪一般凄凉，邻居家有人吹笛子，发出嘹亮的声音。回想过去我们一起游乐宴饮的友好感情，为笛声触发而生伤感，因此写了这篇赋。

我奉命到远方的京都啊，便又马上转回往北走。渡黄河而坐船啊，取道山阳嵇康的旧居。眺望旷野一片荒凉啊，我的车马在城边停住。踏着二人留下的脚印啊，来到冷落小巷中的空屋。哀叹周室禾黍茂盛啊，可悲殷都麦苗长出。想到过去更怀念今天啊，我心犹豫而又踌躇。旧屋还在而没有毁坏啊，人已离去不知向何处。从前李斯遭到刑法啊，吟叹不能牵狗去追兔。哀悼嵇康诀别的时刻啊，看日影索琴来弹奏。他是领悟到遭遇取决于命运啊，把最后的片刻时光用来弹琴。听笛声嘹亮而又悲凉啊，精妙的声音时断时续。在我的车驾就要启程的时候啊，我拿起笔来写下心中的感触。

帮你读

魏晋时期的抒情小赋很多。本赋之所以著名，是因为它短小精悍，情真意切。

本赋共两段，第一段为小序，文字不长，言简意赅（gāi），简而不能再简。序的内容大致分为两层，先概述嵇康、吕安情况，从作者与嵇康、吕安的关系到嵇、吕性格志趣以及"各以事见法"的结局都做了交代；作者抓住"临当就命"、"索琴而弹之"这一典型场景来叙述，既突出了嵇、吕"志远"、"心旷"的性格，又为下面

"感音而叹"作了铺垫。后面一层、写作者绕道含悲来凭吊、"经其旧庐",触景生情,"凄"、"叹"油然而生。

第二段为赋的正文,层次清楚,情深意浓,先具体写回到山阳旧庐的情景。以萧条冷落的景物,引起下文触物兴叹,怀古伤今的悲情。接着作者用《黍离》、《麦秀》两个思旧伤情的典故,表达人去物存的深切怀念。用李斯和嵇康在惨遭杀害前的极短时间的言语行动进行对比,收到了催人泪下的效果。这一方面突出了嵇康的高远与明智,表达了作者的仰慕之情,另一方面也代嵇康倾吐了对屠杀者的怨愤,结尾四句与序文呼应,慷慨悲凉、时断时续的笛声,恰似嵇康"索琴而弹之",令人回味,勾起作者和读者无限愁情。作者最后说"援翰而写心","心"是什么?只有让读者去感受和体会了。

《思旧赋》通过序言和正文,对亡友特别是对嵇康表示了高度赞扬和怀念,揭露了司马氏统治集团的无理和残暴。但迫于当时黑暗的现实,作者写得很含蓄,使人感到还有许多话没有说出来似的。这正如鲁迅在《为了忘却的纪念》中所说,"年青时读向子期《思旧赋》,很怪他为什么只有寥寥的几行,刚开头却又煞了尾。然而,现在我懂了。"所以,此赋写得好,不仅在于它的情真意切,而且还在于它的深刻含蓄,余韵无穷。

秋 兴 赋 并序

潘 岳

晋十有四年,余春秋三十有二①,始见二毛,以太尉掾兼虎贲中郎将②,寓直于散骑之首。高阁连云,阳景罕曜③。珥蝉冕而袭纨绮之士,此焉游处④。仆野人也,偃息不过茅屋茂林之下⑤,谈话不过农夫田父之客⑥。摄官承乏,猥厕朝列⑦,凤兴晏寝,匪遑底宁⑧。譬犹池鱼笼鸟,有江湖山薮之思⑨。于是染翰操纸,慨然而赋⑩。于时秋也,故以"秋兴"命篇⑪。其辞曰:

四时忽其代序兮,万物纷以回薄⑫。览花莳之时育兮,察盛衰之所托⑬。感冬索而春敷兮,嗟夏茂而秋落⑭。虽末士之荣悴兮,伊人情之美恶⑮。

善乎宋玉之言曰:"悲哉,秋之为气也⑯!萧瑟兮草木摇落而变衰⑰,憭栗兮若在远行,登山临水送将归⑱。"夫送归怀慕徒之恋兮,远行有羁旅之愤⑲。临川感流以叹逝兮,登山怀远而悼近⑳。彼四戚之疚心兮,遭一途而难忍㉑。嗟秋日之可哀兮,谅无愁而不尽㉒。

野有归燕,隰有翔隼㉒。游氛朝兴,槁叶夕殒㉓。于是乃屏轻箑,释纤绤,藉莞蒻,御袷衣㉔。庭树槭以洒落兮,劲风戾而吹帷㉕。蝉嘒嘒而寒吟兮,雁飘飘而南飞㉖。天晃朗以弥高兮,日悠阳而浸微㉗。何微阳之短晷兮,觉凉夜之方永㉘。月朣胧以含光兮,露凄清以凝冷㉙。熠耀粲于阶闼兮,蟋蟀鸣乎轩屏㉚。听离鸿之晨吟兮,望流火之余景㉛。宵耿介而不寐兮,独展转于华省㉜。悟时岁之遒尽兮,慨俯首而自省㉝。

斑鬓髟以承弁兮，素发飒以垂领㉟。仰群俊之逸轨兮，攀云汉以游骋㊱。登春台之熙熙兮，珥金貂之炯炯㊲。苟趣舍之殊途兮，庸讵识其躁静㊳。闻至人之休风兮，齐天地于一指㊴。彼知安而忘危兮，故出生而入死㊵。行投趾于客迹兮，殆不践而获底㊶。阙侧足以及泉兮，虽猴猿而不履㊷。龟祀骨于宗祧兮，思反身于绿水㊸。

且敛衽以归来兮，忽投绂以高厉㊹。耕东皋之沃壤兮，输黍稷之馀税㊺。泉涌湍于石间兮，菊扬芳于崖滋㊻。澡秋水之涓涓兮，玩游鲦之潎潎㊼。逍遥乎山川之阿，放旷乎人间之世㊽。优哉游哉，聊以卒岁㊾。

潘岳（247～300），西晋文学家，字安仁，荥阳中牟（今属河南）人。他少年时就以才智名闻乡里，被称为"奇童"。曾任河阳令、著作郎、给事黄门侍郎等官职。因为他为人轻躁，趋炎附势，后被赵王司马伦和孙秀所杀。他擅长诗赋、骈文，文辞清丽，与陆机齐名。《秋兴赋》是一篇借景抒情的小赋，是潘岳的代表作品之一。

① 晋十有四年：西晋立国第十四年（278年）。春秋：整整一年，指人的年岁，潘岳作《秋兴赋》时三十二岁。

② 二毛：头发花白。太尉：官名，为全国军政首脑。掾（yuàn）：古代属官的通称。当时潘岳为太尉贾充的属员。虎贲（bēn）中郎将：官名，皇宫中卫戍部队的将领。

③ 寓：寄住，住所。直：直接，径直。散骑：官名，皇帝的骑

从。省：官署。高阁连云：形容房屋高大，好像与云天相连。景：日光。罕：稀少，难得。曜（yào）：光耀，明亮。

④ 珥（ěr）：插，指插在帽子上，古代一种装饰。蝉：一种薄绸，因薄如蝉翼而得名。袭：照着做。纨绮（wán qǐ）：有花纹的丝织品，指有钱的纨绔子弟。

⑤ 仆：作者的谦称。野人：乡下人。《高士传》记载：汉桓帝出游到汴水，百姓争相观看，一老父耕作不停，官员问他为什么不去观看。老父说："我野人也，不达斯语"。偃息：停息。

⑥ 农夫田父：指普通老百姓。

⑦ 摄官：作官。承乏：补缺。猥厕朝列：苟且排在当官的行列里。猥（wěi）：苟且。厕：置，参加。

⑧ 夙兴晏寝：早起晚睡。匪遑底宁：哪里有闲暇安宁的时候。

⑨ 譬（pì）：比喻。譬犹：就好像。薮（sǒu）：湖泽的通称，也指少水的沼泽地。

⑩ 翰（hàn）：毛笔。操：拿。慨然：感慨的样子。

⑪ 命篇：给文章起名。

⑫ 四时：一年四季。《礼记·孔子闲居》："天有四时，春、夏、秋、冬。"忽：突然，表示飞快、迅速。代序：指时间的转换。回薄：指万物停止生长而开始敛迹。

⑬ 览（lǎn）：看。莳（shì）：栽种，种植。察：考察，仔细看。盛衰：繁茂和衰落，指万物随着节令生长或衰败。托：寄托，依靠。

⑭ 嗟（jiē）：感叹词，表示叹息。索：孤单，寂寞。敷：摆开，铺开。"冬索春敷"是说万物在冬天寂灭春天生长。"夏茂秋落"

是说万物在夏天长得茂盛,到了秋天就衰落。

⑮ 末士:指一般人,个人。悴(cuì):憔悴,形容人瘦弱。伊:助词,用在词语的前边。美恶(wù):好坏。

⑯ 善乎:好的,乎为叹词。宋玉之言:宋玉说的话。以下引的是宋玉《九辨》中开头的几句,说的是秋天的悲凉和远行人孤寂的心情,以引起下边的议论。宋玉,战国后期楚国人,传为屈原的学生,是楚辞的主要作者之一。

⑰ 萧瑟:秋风吹动草木发出的声音,形容悲凉。

⑱ 憭栗(liáo lì):凄凉。若:像。远行:出门在外的人。送将归:为将要归去的人送行。

⑲ 夫:助词。慕:羡慕,仰慕。徒:空的。恋:想念。羁(jī):停留。羁旅:长久寄居他乡。愤:因不满意而感情激动。

⑳ 临川:站在河边上。叹逝:感叹时光像流水一样一去不回。《论语·子罕》:"子在川上曰:逝者如斯夫,不舍昼夜。"登山:春秋时齐景公曾登山悲伤衰老死亡,怀念死去的亲友,哀悼自己也会离开人世。悼:悲伤。

㉑ 戚(qī):悲愁。疚心:内心负疚。难忍:难以忍耐,承受不住的意思。

㉒ 谅:料想。不尽:办不到。

㉓ 野:指原野。隰(xī):低洼的湿地。隼(sǔn):一种凶猛的鸟。

㉔ 游氛:流玩的兴致。朝(zhāo):早晨。槁(gǎo):草木枯干,槁叶即枯叶。殒:掉落。

㉕ 屏(píng):除去。箑(shà):扇子。纤:细纹绸帛。绤(chī)一种用葛纤维织成的细布。莞(guān)。一种水生植物。

蒻(ruò)：香薄，都是古代用来做垫子的。袷(qià)：袷袢(pàn)，对襟长袍。这几句是说，秋天到了，扔掉轻扇，脱掉薄衣，铺上厚垫，穿上长袍。

㉖ 槭(qī)：落叶后的小树枝。戾(lì)：猛烈。帷：帷幕。

㉗嘒嘒(huì huì)：蝉的鸣叫声。

㉘ 晃朗：明亮。弥：满。弥高：显得更高。浸(jìn)：逐渐。微：细小，衰落。

㉙ 晷(guǐ)：古代按照太阳的影子测定时间的仪器，这时指时间。永：永久。

㉚ 凝冷：结霜。

㉛ 熠(yì)耀：萤火。粲(càn)：鲜明，这里是闪烁的意思。闼(tà)：门。轩(xuān)：房檐下的平台。屏(píng)：对着门的小墙。

㉜ 离鸿：离去的鸿雁，到了秋天大雁要飞到南方去过冬。流火：流星。

㉝ 耿介：耿直，有骨气。不寐：不能入睡。展转：翻过来倒过去，形容不能入睡。华省：华丽的住所。

㉞ 悟：知道，明白。时岁：时间，岁月。遒(qiú)：尽。俯首：低着头。自省：自己反省。

㉟ 斑鬓：两鬓斑白。髟(biāo)：长发下垂的样子。弁(biàn)：古代男子的帽子。素发：白发。飒：风声，形容风吹树枝叶的声音。

㊱ 仰(yǎng)：抬头望，表示敬慕的意思。逸轨：自由自在，不受限制。轨，规矩，秩序。云汉：指银河，也叫天河。游聘：遨游驰骋。

㊲ 春台：指礼部，是古代主管官员考试的机构。熙熙(xī

xī):形容人来人往非常热闹。珥:插,戴。金貂:古代一种贵重的装饰。炯(jiǒng):明亮,闪闪发光。

㊳ 趣舍:进取或退止。殊途:另外的路。讵(jù):表示反问。躁:急躁,不安静。

㊴ 至人:比喻达到一定境界的人。《庄子·天下篇》说:"不离不真,谓之至人。"休风:指美德。齐天地于一指:万物等同,无是无非。《庄子·齐物论》说:"天地一指也,万物一马也。"

㊵ 知安忘危:处于平安的时候忘记还会有危难。出生入死:形容冒着生命的危险。

㊶ 投趾:迈步走路。客迹:别人的足迹。殆(dài):同"怠",懒惰,松懈。不践:不走路。获底:走到头。

㊷ 阙(quē):缺点,过错。侧足:形容因畏惧而不敢正立。不履:不踩踏。履(lǚ):本当鞋讲,这里有踩踏的意思。

㊸ 祀骨:用做祭祀的骨头。古代一种迷信活动,用龟骨供奉鬼神。宗祧(tiāo):祖宗。祧,原指祭远祖的庙,后指继承上代。反身:回过身来,这里指活过来。

㊹ 衽(rèn):衣襟,袖口。敛衽:整一整衣袖。投绂:交出印章,不再做官。绂(fú)是古代印章上的丝带,这里指印章。高厉:高飞远走。

㊺ 东皋(gǎo):泛指田野或高地。沃壤:肥沃的土地。黍稷:指谷物。黍(shǔ)是粘黄米,稷(jì)是谷类。馀税:拿余粮来交税。

㊻ 湍(tuān):急流的水,形容水势急。澨(shì):水边。

㊼ 澡:洗澡。涓:细流。涓涓,细水慢流。鲦(tiáo):鱼名,又称白鲦。濈:漂。

㊽ 逍遥:自由自在、无拘无束。阿(ē):大山。

㊾ 优哉游哉：从容不迫、闲适自得的样子。聊：姑且。卒：终。《左传·襄公二十一年》："优哉游哉，聊以卒岁。"

 译过来

西晋立田第十四年，我三十二岁，头发开始花白，当时是太尉贾充的属员兼虎贲中郎将，住在散骑的官府里。这里高楼耸立，连云成井，很难见到阳光，是有钱人家的公子哥儿游息的场所。我是乡下人，住惯了山林下的茅草屋，说惯了田野里的农家话，当官只不过是因为有了空缺，敬且参加到朝官的行列，每天早起晚睡，哪有闲暇安宁的时候。真像池塘里的鱼，笼子里的鸟，向往着江湖山野的自由生活。于是研墨铺纸，感慨地写起赋来。这时正是秋天，所以就以"秋兴"作为篇名。赋的内容是：

一年四季飞快地转换啊，一眨眼万物由繁荣开始收敛。不同的季节栽种不同的花木啊，草木的盛衰完全依靠不同的时令。冬天寂灭而春天生长啊，夏天繁茂秋天就会衰落。这就跟普通人的荣辱一样啊，完全决定于人情世态的炎凉。

宋玉的话说得多好啊！他说："秋天的时节是最悲凉的。秋风萧瑟啊，使花叶凋零，草木枯萎。秋天多么凄凉啊，就好像寄居他乡，登山远望，临水怀想，送归友人。"送别归去的友人多么让人羡慕啊，长久寄居他乡使人心不平。站在河边感叹时光的流逝啊，登上高山想到自身的可悲归宿。这四种让人最疚心的事啊，遇上一件就很难让人忍受。可见秋天是多么悲凉啊，要想没有愁苦那是永远不可能。

原野有秋燕南归，洼地有老鹰飞翔。游兴在早晨勃发，枯叶

在傍晚陨落。于是人们丢掉扇子，脱掉薄衣，铺上厚垫，穿上长袍。庭院里树叶飘落啊，北风吹透了帷帐。蝉儿发出微弱的寒吟啊，雁儿飘飘向南飞翔。天空明朗显得更高更远啊，太阳高照却变得无力而寒凉。白天显得多么短啊，寒夜却在延长。月亮朦朦胧胧显得暗淡无光啊，露水清清凉凉都已凝结成霜。萤火虫在门前台阶上闪过，蟋蟀在檐下短墙边鸣唱。听见离去的鸿雁在早晨哀叫啊，看见陨落的流星在夜空里的影象。整夜都不能入睡啊，独自辗转在华屋殿堂。我知道自己的岁月已到了尽头啊，该是俯首深思而自省的时光。

两鬓斑白还要承受帽子的压力啊，白发飘飘已垂落到两肩领口。仰慕那些有志之士安乐不受约束啊，可以攀上银河去驰骋遨游。登上礼部的春台热热闹闹接受考试啊，中了高官就戴闪光的金貂装饰。如果不走这条路而选择别的途径啊，那还用得着热衷官场的考试？听说达到一定境界人的美德啊，像天和地那样不分什么是与非。可是那居安忘危的人，处境是多么危险。人们处世就像走路，如果只按着别人的脚印走，那么不迈步也能走到头。如果一种脚就踏着泉水里去，就连猿猴也不会那样做。神龟虽然把自己的骨头都做了祭品，它还是想着回过身来投入绿水中生存。

还是整理好衣物回去吧，尽快交出印章远走高飞。去耕种田野高地那肥沃的土地啊，把多余的谷物交纳赋税。看看泉水在山石之间流淌啊，菊花在山崖之上飘散着芳香。可以在那清静的泉水中洗澡，像鲦鱼游乐在水中那样逍遥。在山水之间游息多么自在啊，远比人世间的混浊自由开朗。悠闲自得从容不迫啊，度过一年又一年的时光。

《秋兴赋》是潘岳三十二岁时所作,大致可分为六段。第一段是序,说明写赋的年代和背景。作者在序里说,他生长在农村,自由惯了,而在朝廷作官却很受约束。他看不过官场那些门阀势力,过不惯"纨绮之士"的生活,因而产生了"池鱼笼鸟有江湖山薮之思",很想回到农村去过自由生活,于是磨墨铺纸,"慨然而赋"。因为当时正是秋天,故以"秋兴"命篇。所以《秋兴赋》是一篇即景抒情,以物体志,有感而发的作品。

第二段是赋的正文部分,可以说是全篇的总括。从大处着眼,写到了秋天,万物凋零,这是由于时令变化的结果。作者说的是自然的变化,表现的却是人世的炎凉。所以一开头就写"四时忽其代序兮,万物纷以回薄",接着用"冬索春敷"、"夏茂秋落",具体写时令的转换给自然界带来的变化,这里又从草木的盛衰是由季节控制的,于是联系到人世跟自然一样,人情世态的炎凉决定着一个人的荣辱兴衰。这是先体物后言志的一般写法,也点明了本篇的宗旨:感物而兴思,思什么呢? 人情世态。

第三段,先引宋玉关于悲秋的一段话:"悲哉秋之为气也"这句谓语提前,突出一个悲字,感情浓重,引起下文。接着作者就宋玉文中讲的人间悲凉的四件事加以发挥。即远行,登山,临水,送将归。这四种情况遇到一种就很难使人忍受,而作者差不多都赶上了,一个临川叹逝,一个登山近悼,写尽了作者思念家乡和极想归去的心情。因为旅人在外,家人担心是人之常情,更何况秋之可悲,愁苦无尽呢?

第四段对秋天悲凉景色和事物进行了着力铺陈。从田野的归燕、洼地的凶鹰，到蝉的寒吟、雁的南飞，从天短夜长到月朦露冷，从萤火虫、蟋蟀到离鸿、流火等等都是秋天非常典型的悲凉萧瑟的景物，写来形象逼真，历历在目。这段作者信笔写来，以景衬悲，景中透情，想到了自己，整夜不眠，辗转自省，认为自己的生命已到了尽头，就跟这秋天的景物一样，该是好好想想自己的事情的时候了。这几句是承上启下的话，既总结了前边铺陈的结果，又引起了下文。

第五段紧接上段，写作者自省的事，表达个人的志趣。先写自己"斑鬓承弁，素发垂领"，仍很不得志，他敬慕那些得志的人，然而作者跟他们走的不是一条路。作者认为知安而忘危那是极危险的事，他自己在政治上"趋炎附势，谄事权贵"，但终于还是在权贵争权夺利中被杀。从这里的文字描写中，已经可以看出他对这类事是有预感的。最后说神龟虽祀骨，仍然想回到绿水中去，反映了作者知安不忘危，渴望安宁生活的愿望。

第六段，写归田的抱负，这也是上段"自省"自然得出的结论。这里一开头用敛衽归来、投绂高厉表达了自己的心态，接着描写自己回到大自然以后的情景，用笔极为轻松，一扫前边悲凄压抑之感。作者想像，归田后可以自由自在地生活，耕种纳税，游山玩水，像鲦鱼一样自得其乐。最后用"优哉游哉，聊以卒岁"这样一句现成的话结束全文，意味深长。

叹逝赋 并序

陆 机

　　昔每闻长老追计平生同时亲故①，或凋落已尽，或仅有存者②。余年方四十，而懿亲戚属③，亡多存寡④。昵交密友，亦不半在⑤。或所曾共游一途，同宴一室⑥，十年之外，索然已尽⑦。以是哀思，哀可知矣⑧，乃作赋曰：

　　伊天地之运流，纷升降而相袭⑨。日望空以骏驱，节循虚而警立⑩。嗟人生之短期，孰长年之能执⑪。时飘忽其不再，老蜿晚其将及⑫。怼琼蕊之无征，恨朝霞之难挹⑬。望汤谷以企予，借此景之屡戢⑭。

　　悲夫！川阅水以成川，水滔滔而日度⑮。世阅人而为世，人冉冉而行暮⑯。人何事而弗新，世何人之能故⑰。野每春其必华，草无朝而遗露⑱。经终古而常然，率品物其如素⑲。譬日及之在条，恒虽尽而弗悟⑳。虽不悟其可悲，心惆焉而自伤㉑。亮造化之若兹，吾安取夫久长㉒。

　　痛灵根之夙陨，怨具尔之多丧㉓。悼堂构之陨瘁，悯城阙之丘荒㉔。亲弥懿其已逝，交何戚而不忘㉕。咨余今之方殆，何视天之芒芒㉖。伤怀凄其多念，戚貌悴而鲜欢㉗。幽情

汉魏六朝赋

发而成绪,滞思叩而兴端㉘。惨比世之无乐,咏在昔而为言㉙。

居充堂而衍宇,行连驾而比轩㉚。弥年时其讵几,夫何往而不残㉛。或冥邈而既尽,或寥廓而仅半㉜。信松茂而柏悦,嗟芝焚而蕙叹㉝。苟性命之弗殊,岂同波而异澜㉞。瞻前轨之既覆,知此路之良难㉟。启四体而深悼,惧兹形之将然㊱。毒娱情而寡方,怨感目之多颜㊲。谅多颜之感目,神何适而获怡㊳。寻平生于响像,览前物而怀之㊴。

步寒林以凄恻,玩春翘而有思㊵。触万类以生悲,叹同节而异时㊶。年弥往而念广,途薄暮而意迮㊷。亲落落而日稀,友靡靡而愈索㊸。顾旧要于遗存,得十一于千百㊹。乐隤心其如忘,哀缘情而来宅㊺。托末契于后生,余将老而为客㊻。

然后珥节安怀,妙思天造㊼。精浮神沦,忽在世表㊽。悟大暮之同寐,何矜晚以怨早㊾。指彼日之方除,岂兹情之足搅㊿。感秋华于衰木,瘁零露于丰草[51]。在殷忧而弗违,夫何云乎识道[52]。将颐天地之大德,遗圣人之洪宝[53]。解心累于末迹,聊优游以娱老[54]。

汉魏六朝赋

陆机(261～303),字士衡,吴郡华亭(今天的上海松江)人。三国时吴国名将陆逊之孙,陆抗之子。吴国灭亡后,他在家勤学十年。晋武帝太康末年陆机与陆云同到洛阳,因文才出众,为当时士大夫推崇。晋武帝死后,司马氏家族争权,发生"八王之乱",陆机归顺成都王司马颖,并被推荐做了平原内史,世称陆平原。在讨伐长沙王司马乂(yì)时,陆机为后将军,失败后为人诬陷,与弟陆云同遭杀害,时年四十三岁。陆机诗文并茂,讲求辞藻,追求骈偶,与潘岳齐名。今存有《陆士衡集》。《叹逝赋》约作于永康元年,在归顺成都王之前。这年张华被害,潘岳被杀,天下已乱。陆机年已四十,感到人生短促,遂作此赋以哀思亲故。

① 昔:过去,从前。长老:长辈老人。追计:追忆,回想。亲故:亲戚故友。

② 或:有的。凋落:衰落。

③ 方:正。懿(yì)亲:皇帝的亲属或外戚。陆机的祖父陆逊为孙策的女婿。戚属:亲属。

④ 亡:死亡。存:活着。寡:少。

⑤ 昵(nì):亲近。不半:不到一半。

⑥ 游:驾车出外游赏。宴:乐。

⑦ 十年之外:陆机陆云来到洛阳已十年。索然:完结。

⑧ 以是:因此。

⑨ 伊:用在句首为助词。运流:运转。纷:繁盛的样子。升降:指天地之气上升下降。袭:相继,承接。天地之气升降相袭,就是时序相接续。

⑩ 日望空:每天遥望天空。骏驱:像骏马那样奔驰。节循虚:时节随着自然在变化。警立:惊讶,吃惊。

⑪ 嗟(jiē):感叹。孰:谁。执:掌握。

⑫ 飘忽:流逝。再:第二次。蜿(wǎn):太阳西斜。及:至。

⑬ 怼(duì):怨。琼蕊:指玉屑。无征:无效。挹(yì):舀,把液体的东西盛出来。

⑭ 汤谷:传说太阳出升的地方。企予:企望,踮起脚跟看东西。戢(jí):收敛,藏。

⑮ 阅:汇集。度:越过,流去。

⑯ 冉冉(rǎn rǎn):慢慢地。行暮:比喻趋向衰老。

⑰ 新:变化。故:旧。

⑱ 华:同"花"。遗露:生露。

⑲ 经:经历。终古:自古以来。率(shuài):大概。品物:众多事物。如素:如故,一向这样。

⑳ 日及:朱槿花,早上开花傍晚落。条:枝。恒:常常。尽:指花落。悟:醒悟,明白。

㉑ 惆(chóu):惆怅,伤感。

㉒ 亮:明白。造化:自然。若兹:如此。安取:怎么敢想。

㉓ 灵根:灵木之根,比喻祖先。夙(cù):过去。陨(yǔn):同"殒",落,死亡。具尔:兄弟,《诗经·行苇》:"戚戚兄弟,莫远具尔"。

㉔ 堂构:屋宇。隤(tuí):倒塌。瘁(cuì):困病,这里指房屋破败。悯(mǐn):哀怜。城阙(què):城镇。丘荒:荒芜。

㉕ 亲:指亲戚。弥(mí):都,更加。懿:美好。交:指结交密切的朋友。戚:亲近,密切。

㉖ 咨(zī):向。殆(dài):危险。芒芒:通"茫茫",没有边际,看不清楚。

㉗ 伤怀:伤心。戚貌:悲伤的样子。悴(cuì):悲伤。鲜(xiǎn):少。

㉘ 幽:隐深。滞:不流畅。叩:打开。兴端:兴起。

㉙ 咏:叹。在昔:过去。为言:写文章。

㉚ 充:满。充堂指宽大的房子。衍(yǎn):多。衍宇指连绵的屋宇。连驾:并驾,车子并排走。比:并列,挨着。轩:车。

㉛ 弥:满。讵(yù):哪里。残:凋丧。

㉜ 冥邈(miǎo):深远,指亲属死去。寥廓:高远空旷,指密友衰败。

㉝ 悦:愉快。芝:灵芝草。蕙:一种香草。

㉞ 苟:如果。殊:不同。

㉟ 前轨:指去世的人走过的路。覆:灭。良:很。

㊱ 启:发动。四体:四肢,指身体。悼:恐惧。兹:这个。将然:将要这样,指死亡。

㊲ 毒:恨。娱情:欢乐。方:方法。感目:触目。多颜:众多(死去人)的面容。

㊳ 谅:确信。适:往。怡:安静。

㊴ 寻:追寻。响像:声响和影像,指死去人的音容。览:看。前物:眼前事物。怀之:想念他们。

㊵ 寒林:冬季的树林。凄侧:悲伤。玩:观赏。翘:鸟的长尾。

㊶ 同节而异时:季节相同而时间不一样。

㊷ 年弥往:年岁越老。念广:想得深远。途:道路。薄:接近。迮(zé):急迫。

㊸ 落落:指亲友一个个死去。日稀:一天天稀少。靡靡:一个个倒下。愈索:越来越孤单。

㊹ 顾:看。旧要:旧时的好友。遗存:指后辈人。十一:十分之一,形容很少。

㊺ 隤:失,遗。缘情:表达感情。宅:住宅。

⑯ 末契：对人谦称自己的情谊。后生：后辈人。

⑰ 珥(mǐ)节：停车。安怀：安下心来。妙思：精妙的构思。天造：自然生成。

⑱ 精浮神沦：精神浮沉，忽醒忽灭。世表：人世之外。

⑲ 大暮：死去。寐(mèi)：睡着。矜(jīn)：怜悯，同情。

⑳ 方除：正在到来。岂：难道。兹情：指"矜晚"、"怨早"的怕死之情。揽：把握。

㉑ 瘁：悲伤。

㉒ 殷忧：忧愁很深。识道：懂得道理。

㉓ 颐：保养。大德：指生命。遗：弃。洪宝：指富贵利禄之类。《易·系辞下》："天地之大德曰生，圣人之大宝曰位。"

㉔ 解：除去。心累：思想负担。末迹：指世俗事务。聊：姑且，暂且。优游：悠闲自得。娱老：欢度晚年。

译过来

从前常听老人回忆一生中同代的亲戚朋友，有的已经完全衰落，有的人家虽有人但也不多。我今年刚好四十岁，而亲属去世的多活着的很少，亲密的朋友呢，还在人世的也不到一半。有的曾和我一道外出游赏，一室同乐的，这十年多，都已不在了。所以我伤心地思念他们，这就是心中悲痛的所在。于是作了下面这篇赋：

天地在不停运转，时序在互相承接。每天遥望天空如同骏马在奔驰，惊讶节令随着自然在变化。感叹人生时间太短促，有谁能永远把握住它。时间流去不再来，老年像太阳西斜那样很快就来到。抱怨吞食玉屑也不能长生,只恨餐饮朝霞也难寻觅。踮起脚跟张望太阳出升地,可惜那美景常常被隐没。

可悲啊,溪水汇集成大河,河水滔滔日夜流。世事变更而成世代,人慢慢地到暮年。人什么时候才能不变老,什么人能使时世永保老样子。原野逢春必开花,小草早晨生甘露。自古以来都这样,大概万物全如此。譬如枝上的木槿花,常常落尽还不知怎么回事。虽说不明白其中可哀的道理,但内心却惆怅而伤心。懂得大自然既然都如此,我怎么敢想那生命长久呢!

哀叹祖辈已经故去,怨恨兄弟大多丧生。伤心屋舍倒塌崩坏,哀怜城镇变成荒丘。亲眷戚属都已逝去,密友至交有何不可忘。想我的年岁现正走向哀亡,看那天空也昏暗茫茫。内心悲伤想得很多,忧愁难过缺少欢乐。隐深的悲情触发无法控制,郁结的愁思打开露出端绪。伤心这一生再无欢愉的时候,不由得在此哀叹从前的日子。

从前密友居住着连绵的宽大屋宇,出门时大家并驾又齐驱。谁想没有过几年,走到哪里都有凋丧。有的亲属死后资财散尽,有的密友衰败所剩无几。确信松树繁茂而柏树高兴,灵芝被焚而蕙草哀伤。如果性命没有两样,那么道路也就没有什么不同。看看前人已经翻车,可知此路有多么艰难。身体前行心理惧怕,深怕自己会有相同的结局。可叹没有办法能使自己欢乐,深怨眼前不时出现死者的面容。死者的面容在眼前晃动,神志哪里会得到安宁。只能追寻平生亲友的音容笑貌,看着遗物来加以怀想。

散步在冬天的林中而生悲伤,赏玩春天的草木而多感想。放眼万物萌发悲情,只因为节令相同而年岁不一样。年岁越老想得越深远，愈到暮年心情越急迫。亲属一天天稀少，朋友也越来越孤单。看望旧日的友人，千百人中仅破十分之一。快乐在心中失落如被遗忘，悲伤却由于情感而自来宅居。将微薄的友情寄托后辈人，我将到老年反而如同作客。

然后安下心来，妙思自然而成。精神若浮若沉，忽然如在人世之外。明白死去如同睡眠，又何必恋晚怨早。假如死亡正在来到，难道害怕就能改变。衰树秋花使人哀，盛草露珠令人悲。最忧愁时不能自制，还说什么懂得道理。要想保养天地间的大德，必须要放弃圣人的富贵利禄。解除心中的世俗之累，姑且悠闲自得地欢度晚年。

帮你读

《叹逝赋》是陆机四十多岁时，为哀思亲故而作的。陆机十四岁时，父亲陆抗病死。二十岁时，兄陆晏、陆景在军中战死。二十四岁时，叔父陆喜死。三十八岁时，好友周处战死。四十岁时，张华被杀。这是第一段"序"中所写"戚亲戚属，亡多存寡"，"昵交密友，亦不半在"的背景。弟兄中还在的，仅有陆玄和陆云，密友仅有顾荣、戴若思等人。陆机此时作《叹逝赋》，其主要原因是他已感到时局多难，随时有生命危险。不久，好友顾荣曾劝陆机回到吴国去，陆机没有答应，后在他归顺成都王的第三年就在八王混战中被杀。

第二段，作者主要从"天地之远流"来感叹人生的短暂，表达对生的留恋之情，当时他虽然才四十岁，但仍感到"老晼晚其将及"。我们应该看到，对陆机来说，这并不是怕死，而是表明他还

汉魏六朝赋

有所抱负。

第三段，作者借川、水、人、世及花草，说明原野逢春必开花朵，小草早晨必生露珠这样"终古而常然"的自然法则，作者虽然"不悟"其中的奥秘，但却明白自然规律是不能违背的。到了垂暮之年，自己也不能使生命长久。这多少有点"顺从天命"的思想，但从遵循自然规律这点来看，还是应该肯定的。

第四段写死亡的悲哀。亲人的"凤陨"与"多丧"，使活着的作者想到自己也正走向衰亡。这里作者感到自己生命的危险，固然是指人到暮年，但不能说没有一点"时局多难"的政治因素。因此他"惨此世之无乐"，"戚貌悴而鲜欢"，感到这个世上太残酷、无欢乐。

第五段进一步写失去亲友的悲伤。作者通过"感目之多颜"，来说明这些人的逝去给自己带来的深深痛苦。从"连驾"、"仅半"、"前轨"、"芝焚"等句，可以猜想逝去的人当指战死在沙场的两兄弟和好友周处等人。可见作者已看到这条道的艰难，并预感到自己的结局。

第六段写作者寄托哀思。作者想摆脱悲哀"步寒林"，"玩春翘"，都不行，因为触景生悲，使自己更难摆脱苦境。这里有两种哀愁折磨着作者，一种是"途薄暮而意迮"，迟暮的悲哀；一种是"友靡靡而愈索"，是对旧友的思念。最后作者将希望寄托在后辈人身上，"托末契于后生"，他在孤独凄惨心境中到"后生"那里去寻求新的友情。

第七段写作者以超脱的办法解除暮年之忧。他静下心来，忽然明白死亡如同睡眠，只是早晚的事。不为死亡而忧愁才是"识道"。这样便解除了垂暮之年的"心累"，可以悠闲愉快地度过晚年。当然这只不过是作者对生命易逝的无可奈何的逃避方法，他还不能从为谁而生、为谁而死的角度，去认识生死的不同价值。

总之，《叹逝赋》从无际的天地写到滔滔的流水，从亡故的亲朋写到自然界的万物，无处不悲哀，无处不伤情，把生命易逝的哀情表达得极为充分。辞语华美，句法骈整，这是此赋突出的特点，赋中还使用了比喻、对比、衬托等多种修辞手法，达到了很高的艺术效果。

归去来兮辞　并序

陶渊明

　　余家贫,耕植不足以自给①。幼稚盈室,瓶无储粟②。生生所资,未见其术③。亲故多劝余为长吏④,脱然有怀,求之靡途⑤。会有四方之事,诸侯以惠爱为德⑥,家叔以余贫苦,遂见用于小邑⑦。于时风波未静,心惮远役⑧,彭泽去家百里⑨,公田之利,足以为酒,故便求之⑩。及少日,眷然有归欤之情⑪。何则?质性自然,非矫厉所得⑫,饥冻虽切,违己交病⑬。尝从人事,皆口腹自役⑭。于是怅然慷慨,深愧平生之志⑮。犹望一稔,当敛裳宵逝⑯。寻程氏妹丧于武昌,情在骏奔⑰。自免去职。仲秋至冬,在官八十余日⑱。因事顺心,命篇曰《归去来兮》。乙巳岁十一月也⑲。

　　归去来兮,田园将芜胡不归⑳?既自以心为形役,奚惆怅而独悲㉑!悟已往之不谏,知来者之可追㉒。实迷途其未远,觉今是而昨非㉓。舟遥遥以轻飏,风飘飘而吹衣㉔。问征夫以前路,恨晨光之熹微㉕。

　　乃瞻衡宇,载欣载奔㉖。僮仆欢迎,稚子候门㉗。三径就荒,松菊犹存㉘。携幼入室,有酒盈樽㉙。引壶觞以自酌,眄庭柯以怡颜㉚。倚南窗以寄傲,审容膝之易安㉛。园日涉以成趣,门虽设而常关㉜。策扶老以流憩,时矫首而遐观㉝。云无心以出岫,鸟倦飞而知还㉞。景翳翳以将入,抚孤松而盘桓㉟。

归去来兮,请息交以绝游㊱。世与我而相违,复驾言兮焉求㊲?悦亲戚之情话,乐琴书以消忧㊳。农人告余以春及,将有事于西畴㊴。或命巾车,或棹孤舟㊵。既窈窕以寻壑,亦崎岖而经丘㊶。木欣欣以向荣,泉涓涓而始流㊷。羡万物之得时,感吾生之行休㊸。

汉魏六朝赋

已矣乎,寓形宇内复几时,曷不委心任去留⑭?胡为乎遑遑欲何之⑮?富贵非吾愿,帝乡不可期⑯。怀良辰以孤往,或植杖而耘籽⑰。登东皋以舒啸,临清流而赋诗⑱。聊乘化以归尽,乐夫天命复奚疑⑲!

讲一讲

陶渊明(365~427),字元亮,一说名潜,字渊明,浔阳柴桑(今天的江西九江西南)人。东晋时的伟大诗人。他从小好学,有壮志,任性而博学能文。先后做过祭酒、参军等小官。41岁出任彭泽县令,因不满当时黑暗的官场生活,上任八十多天就辞职归田,至死再没有做官。他长于诗文辞赋,由于他对农村生活较熟悉,他的诗文多表现农村美好风光和他不屈服当时黑暗社会的高尚情操,辞赋也写得质朴自然,以《归去来兮辞》最为有名。宋代大文学家欧阳修曾说:"晋无文章,惟陶渊明《归去来辞》而已"。对这篇作品给予很高评价。《归去来兮辞》是他辞去彭泽县令归隐田园时所作,当在东晋义熙元年(405年)十一月。

① 耕植:耕种。自给(jǐ):依靠自己的劳动来满足自己的需要。

② 幼稚:小孩子。盈室:住满了屋子,是说孩子多。瓶:这里指米缸。粟(sù):小米,泛指粮食。

③ 生生:维持生活。前一个"生"字做动词用,后一个"生"字为名词。资:凭借,依靠。术:办法。

④ 亲故:亲戚和朋友。为:任,做。长(zhǎng)吏:县吏中较高的职位,这里指县令。

⑤ 脱然:不经意的样子。有怀:有所想,即想出去做官。靡:无。途:门路。

⑥ 会:遇到,碰上。四方之事:指军阀争战。诸侯:指地方割据势力。以惠爱为德:以爱惜人才为美德。

⑦ 家叔:指陶渊明的叔父陶夔(kuí),当时他任太常卿。以:认为。遂见用:于是被录用。小邑:小县。

⑧ 风波未静:指时局不安定。惮(dàn):害怕。远役:到远方服役(指做官)。

⑨ 彭泽:县名,在今天的江西湖口县东。去:距离。

⑩ 公用之利:公家田地的收益。足以为酒:足够用来酿酒。求之:求得这个差事做,指彭泽令。

⑪ 及:等到。少日:不多几天。眷(juàn)然:思恋的样子。归欤:回去。《论语·公冶长》:"子在陈曰:'归欤,归欤!'"欤,语气助词。

⑫ 何则:什么道理呢。质性:本性。矫(jiǎo)厉:勉强去做。所得:所能办到。

⑬ 切:急迫。违已:违背心意。

⑭ 尝:曾经。从人事:指做官。口腹自役:为糊口和饱腹而驱使自己。

⑮ 怅然:失意的样子。慷慨:悲叹。平生:生来,一向。

⑯ 一稔(rěn):收获一次。稔,谷物成熟。敛(liǎn)裳:收拾行装。宵逝:连夜离去。

⑰ 寻:不久。程氏妹:嫁给程家的妹妹。情:心情,指吊丧的心情。骏奔:骑马急奔。此句意思是,去吊丧的心情就像骏马奔驰一样急迫。

⑱ 仲秋：农历八月。

⑲ 命篇：给辞篇命名，即起个题目。乙巳（sì）岁：即晋安帝义熙元年（405年）。

⑳ 归去来兮：回家去啊。芜（wú）：荒芜。胡：为什么。

㉑ 以心为形役：让心志为形体所驱使，指违心地去做某件事。奚（xī）：为什么。惆怅：感伤，不愉快。

㉒ 悟：觉悟，明白。已往：过去，指过去出来做官。谏（jiàn）：劝止，纠正。知：知道，懂得。来者：未来的事情。可追：可以补救。这句话出自《论语·微子》："往者不可谏，来者犹可追。"

㉓ 实：确实。迷途：迷失路途，指出来做官。觉：觉悟。今是：现在正确。昨非：过去错误。

㉔ 遥遥：摇荡。轻飏（yáng）：轻快行驶。飏，飞扬。

㉕ 征夫：行人。熹微：天色微明。

㉖ 乃：才。瞻：望见。衡宇：以横木为门的简陋房屋。载欣载奔：一面高兴一面奔去。载，且。

㉗ 僮（tóng）仆：家僮和仆人。僮：指未成年的家庭佣人。稚（zhì）子：小孩子。

㉘ 三径就荒：屋前的小路已经长满杂草。汉代蒋诩（xǔ）隐居时，在屋前竹林中开辟了三条小路，后人便以"三径"指隐士居住的地方。犹：还。

㉙ 盈：满。樽（zūn）：古代一种盛酒的器具。

㉚ 引：取过。觞（shāng）：酒杯。自酌（zhuó）：自斟，指自个儿饮酒。眄（miǎn）：斜视，闲视。庭柯：庭院中的树木。柯，树枝。怡颜：脸上有喜色。

㉛寄傲：寄托傲然自得的心情。审：明白。容膝：仅能容下双膝,形容居住的地方狭小。易于安身。

㉜日：每天。涉：散步。成趣：自成乐趣。

㉝策：拄着。扶老：手仗。流：四处游动。憩(qì)：休息。矫(jiǎo)首：抬起头。遐(xiá)观：远望。

㉞岫(xiù)：山。无心：无意之间。还：回巢,这里比喻归田。

㉟景：同"影",指日影。翳翳(yì yì)：阴暗的样子。抚：抚摸。盘桓(huán)：流连而不忍离去。

㊱息交绝游：停止交游,断绝来往。

㊲世：世俗,指官场生活。违：违背。驾言：驾车出游。言,语助词,无意义。这是引用《诗经》中"驾言出游"的意思。焉求：何求。

㊳悦：喜欢。情话：心里话。乐：高兴。

㊴春及：春天到了。事：指农事,即耕种。畴(chóu)：田亩。

㊵或：有时。命：驾。巾车：有布篷的车。棹(zhào)：桨,这里作动词用,划船。

㊶窈窕(yǎo tiǎo)：形容深远曲折。壑(hè)：山沟。崎岖：山路高低不平。丘：小山。

㊷欣欣向荣：草木茂盛。涓涓：细水长流的样子。

㊸羡：喜欢,羡慕。行休：将要结束。

㊹已矣乎：算了吧。寓形宇内：寄身在世上,即"活在人世上"。复几时：还能有多长时间。曷(hé)：何。委心：随心。去留：行止。

㊺胡：何,什么。胡为：为什么。遑遑：急急忙忙,心神不定的样子。欲何之：想要到哪儿去呢。之,去。

⑯ 帝乡:仙境。期:期望。

⑰ 怀:想。良辰:美好的时光。孤往:独自去游赏。植杖:把手杖放在一边。耘耔(zǐ):除草培苗。

⑱ 东皋(gāo):东边的高地。舒啸(xiào):放声长啸。临清流:面对清清的流水。赋诗:吟诗。

⑲ 聊:暂且。乘化:随顺自然的变化。归尽:走到生命的尽头,指死。乐夫天命:以顺从天命为乐。复奚疑:还有什么可疑惑的呢。

我家贫困,靠耕种不能满足生活的需要。孩子满屋,米缸无粮。维持生计的办法还没有找到。亲戚朋友都劝我去做官,我也有了这想法,只是没有找到门路。这时适逢军阀争战,各地都需要人才,家叔认为我家太贫苦,劝我去赴职,于是我被录用做小小县令。当时时局不稳定,心中总害怕到远地做官。彭泽县离家百余里,公田里的收益,足够用来酿酒喝,所以就求得了这个差事做。等到过了些日子,产生了怀念故土想回家的心情。这是什么道理呢?因为我的本性喜欢自然,不愿受到强制而改变。饥饿挨冻虽然是急迫的事,但违背心意却会更加痛苦。我过去出来做官,都是受了糊口饱腹的驱使。我想到这一切,不免失意悲叹,深感现在的状况有愧于平生的志向。不过还希望有一次谷物收获,然后再收拾行装,连夜离去。但不久,我那嫁到程家的妹妹在武昌去世,我赶去吊丧的心情就像骏马奔驰一样急迫,于是就自动免去了县令职务。从中秋到冬季,任职共80

多天。顺应事情的发展，按照自己的心意写下这篇辞赋，题为《归去来兮》。时间是乙巳年十一月。

回家去啊，田园将要荒芜，为什么还不回去？既然自己让心志为形体所驱使。为什么还要伤心而独自悲哀？现在明白了过去的事情已无法纠正，未来的事情还可以补救。实际上走上迷途还不是太远，我已觉悟到今天的想法正确而昨天做得不对。小船在归途中轻快地行驶，微风飘飘吹动着衣衫。我向行人探问前面的路程，只恨晨光亮得太慢。

终于望见了自家的房舍，我高兴得奔跑起来。仆人出来迎接，幼儿等在门口。屋前小路长满杂草，苍松秋菊依然如旧。拉着孩子进入屋内，看见酒已盛满酒杯。端起酒杯自斟自饮，看着院里的树木喜上容颜。靠窗南望悠然自得，深知陋室易于安身。每天庭园散步自成乐趣，院门虽有却经常关闭。扶着手杖四处游息，时时抬头眺望远方。只见白云无心地飘出山岭，鸟儿飞得倦了正在回巢。光线暗淡，太阳将落了，我抚摸着孤松流连忘返。

回家去啊，请让我同外人断绝往来。官场生活与我的意志相违背，还驾车出游寻找什么？我喜欢听听亲戚们的心里话，用弹琴读书来消除忧闷。农人告诉我春天到了，我将要到田里去耕种。我有时驾着布篷的马车，有时划着木制的小船，去探寻深远的溪谷，攀登崎岖的山丘。这里的草木长得多么茂盛，涓涓的泉流在这儿见到了源头。我羡慕万物得到了生长的好时节，感慨我的生命将要结束。

算了吧，我活在世上还能有几天。何不随从心意决定行止，为何急急忙忙还想去什么地方？享受富贵本不是我的心愿，幻想的仙境更不可能实现。我只想在美好的里独自游赏,有时除草培苗把手杖放在一旁。登上东边的山岗放声长啸,面对清清的流水吟诵诗章。暂且随着大自然走到我生命的尽头,顺从天命又何必彷徨!

帮你读

　　这篇辞前面的小序,讲述了作者离家做官的原因及经过,归田思想的产生及归田的实现,最后交代了写作这篇辞的情况,层次非常清楚。陶渊明出来做官是因为"家贫",在彭泽县是因为家叔出力帮忙。归田思想的产生是因"矫厉"、"违己",勉强去做自己本心不愿做的事,也就是他厌倦官场那种生活。他决心归田,借程氏妹丧"自免去职",在职只有八十多天。解官遂心如愿,就在这年十一月写下了这篇脍炙人口的《归去来兮辞》。由于在序中重点叙述了他出官和弃官的情况,就为读者理解全辞起到了注释作用,也使作者可以在辞篇中集中笔墨去描写归田后心情、乐趣和感受。

　　辞篇第一段,写归田的原因及归田途中的愉快心情。"归去来兮,田园将芜胡不归?"开头点题。久蓄胸中之志,一旦冲出官场牢笼,得以实现,便情不自禁地倾吐而出,浑身轻松自在。"悟已往之不谏,知来者之可追",这是对入仕为官的悔恨;"实迷途其未远,觉今是而昨非",这是对归田醒悟的庆幸。他在归途中一定轻松愉快,恨不得立刻回到家园。这里通过"轻飘"、风"吹衣"、"问征夫"、"恨晨光"等,寓情于景,写出了作者内心的急切心情,从而衬托出官场的污浊可厌。

第二段，写到家后的欢乐与安闲。"乃瞻衡宇，载欣载奔"，见到家门时的那种欢欣雀跃的心情，简直如小孩般天真。"三径就荒"照应开头的"田园将芜"。"松菊犹存"虽是写景，却有意以苍松秋菊的高洁来自比。"携幼入室，有酒盈樽"、"倚南窗"、"园日涉"、"时矫首"，这些场景写出他归家后安逸、闲适、宁静的生活情趣。"门虽设而常关"正是他要与官场决裂、孤芳自赏的表现。"云无心以出岫，鸟倦飞而知还"，既写景又写情：无心出官而做官，官场厌倦而归田。真是情景交融、自然无琢，为后来多少名家所赞叹。

第三段，写归田的乡情之乐。如果说上一段是写家园之乐，那么这一段便是打开家园之门来到另一环境，书写与官场完全不同的"交游"之乐。前四小句申述要与官场"息交"、"绝游"，这正好为下面叙写日思夜盼的乡情做导言。"归去来兮"，字面上与全辞开头相呼应，实则将归田之乐推向一个新的境界。他"悦亲戚之情话，乐琴书以消忧"，他乐于"命巾车"，"棹孤舟"，"寻壑"、"经丘"，陶醉于"木欣欣以向荣，泉涓涓而始流"。这是官场所没有乡情之乐。面对这蓬勃景象，难怪他要"美万物"，"感吾生"，迷恋乡情之乐的淳朴真挚，后悔在污浊的官场停留。

第四段，抒发对人生的感想。前面"已矣乎"三字，虽然流露出那种夕阳迟暮的悲哀，但从积极角度想，这正是他悔恨官场消磨了青春年华，庆幸现在找到理想归宿的心理表现。"胡为乎遑遑欲何之"，他用切身体验劝诫人们不要误入这官场，去追求利禄富贵。他向往的是"怀良辰以孤往，或植杖而耘耔。登东皋以舒啸，临清流而赋诗"。这四句意境虽然美，但今天看来，安静闲适、乐天由命的归田生活终是有缺憾的，它只能独善其身，于整个社会并无多大裨益。当然对古人不必过于苛求，士大夫无力挽狂澜，"归田"隐居也是对黑暗现实反抗的一种表现。结尾两句，作者表示一切顺其自然，乐天由命，这不免是消极的。

从全篇看，诗人对社会污浊、黑暗的不满和反抗，对田园乡情的向往和热爱，以及诗人光明磊落、刚正不阿的品性，对后人都很有积极的影响。全辞在叙事、抒情、语言和结构等方面，都有很高的艺术成就，值得我们很好地学习和借鉴。

汉魏六朝赋

芜城赋①

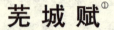

鲍　照

　　沵迤平原，南驰苍梧涨海，北走紫塞雁门②。柂以漕渠，轴以昆岗③。重江复关之隩，四会五达之庄④。

　　当昔全盛之时，车挂辖，人驾肩⑤。廛闬扑地，歌吹沸天⑥。孳货盐田，铲利铜山⑦。才力雄富，士马精妍⑧。故能侈秦法，佚周令，划崇墉⑨，刳浚洫，图修世以休命⑩。是以板筑雉堞之殷，井幹烽橹之勤⑪，格高五岳，袤广三坟⑫，崒若断岸，矗似长云⑬。制磁石以御冲，糊赪壤以飞文⑭。观基扃之固护，将万祀而一君⑮。出入三代，五百余载，竟瓜剖而豆分⑯。

　　泽葵依井，荒葛罥涂⑰。坛罗虺蜮，阶斗麏鼯⑱。木魅山鬼，野鼠城狐⑲。风嗥雨啸，昏见晨趋⑳。饥鹰厉吻，寒鸱吓雏㉑。伏暴藏虎，乳血飧肤㉒。崩榛塞路，峥嵘古馗㉓。白杨早落，塞草前衰㉔。棱棱霜气，蔌蔌风威㉕。孤蓬自振，惊沙坐飞㉖。灌莽杳而无际，丛薄纷其相依㉗。通池既已夷，峻隅又已颓㉘。直视千里外，唯见起黄埃㉙。凝思寂听，心伤已摧㉚。

若夫藻扃黼帐，歌堂舞阁之基[31]；璇渊碧树，弋林钓渚之馆[32]；吴蔡齐秦之声，鱼龙爵马之玩[33]；皆薰歇烬灭，光沉响绝[34]。东都妙姬，南国丽人[35]，蕙心纨质，玉貌绛唇[36]。莫不埋魂幽石，委骨穷尘[37]。岂忆同舆之愉乐，离宫之苦辛哉[38]？

天道如何，吞恨者多[39]。抽琴命操，为芜城之歌[40]。歌曰：边风急兮城上寒，井径灭兮丘陇残[41]。千龄兮万代，共尽兮何言[42]！

讲一讲

鲍照（413～466），字明远，东海（今天的江苏涟水县）人。他出身贫贱，自幼很有才华。早年曾依附临川刘义庆，但官位不高。宋孝武帝时为中书舍人。大明三年（459 年），有人告发竟陵王刘诞谋反，宋武帝袭击刘诞，刘诞占据广陵自守，后广陵城被攻破，刘诞和城内三千余人被杀。这是广陵第二次遭兵乱洗劫，几乎已成废墟。这时候鲍照正浪迹江北，路过广陵，目睹被战乱洗劫的广陵荒芜残破，有感而发，作《芜城赋》。大明六年（462 年），他任荆州刺史刘子顼（xù）的前军参军，但并不如意，总有不安之感。泰始二年（466 年），刘子顼起兵反叛，兵败被杀，鲍照也死于乱军之中，年仅五十三岁。这位继陶渊明之后在南明文坛成就最高的诗人，为后人留下了一部《鲍参军集》。

① 芜城：荒芜的城，指被洗劫后的广陵城，即今天的江苏扬州。

② 弥迤（mǐ yǐ）：连绵平坦的样子。苍梧：今天的广西梧州。涨海：南海。紫塞：长城。雁门：今天的山西北部。

③ 柂（duò）：同"柁"，舵。漕（cáo）：古代时国家和水道运粮。漕渠：指运河。轴：轴心。昆岗：地名，广陵城建在上面。

④ 重（chóng）江：重重水道。复关：层层关口。隩（yù）：深藏，指广陵在重江复关的怀抱中。四会五达：四通八达。庄：交通要道。

⑤ 当昔全盛之时：在过去最兴盛的时候，指汉代吴王濞（bì）在广陵建都之时。车挂辖（wèi）：车轴碰撞车轴，形容车多。挂，连。辖，车轴的两端。人驾肩：人肩相挨，形容人多拥挤。驾，凌，压着，挨着。

⑥ 廛（chán）：居民居住的地区。闬（hàn）：门。扑地：遍地。歌吹沸天：歌唱吹奏之声响彻云天。

⑦ 孳（zī）：同"滋"，滋生。货：钱财。铲：削，开采。利：财利。

⑧ 才力：人才很多。雄富：雄厚充足。士马精妍：兵强马壮。妍（yán）：美好。

⑨ 侈（chì）：超出。秦法：秦朝的法令制度。佚（yì）：超过。周令：周朝的法令制度。划：开，兴建。崇墉（yōng）：高大的城墙。

⑩ 刳（hū）：挖开。浚洫（jùn xù）：深挖水沟，这里指挖护城河。浚：挖。洫，水沟。图：谋划，打算。修世：永世。休命：好命运。

⑪ 是以：因此。板筑：用板夹土筑墙。雉堞（zhì dié）：城上的矮墙。殷：勤，盛大。井幹（hán）：井栏，建筑时所搭的木架像井栏。烽橹：瞭望烽火的望楼。

⑫ 格：量度。五岳：东岳泰山、西岳华山、南岳衡山、北岳恒

山、中岳嵩山、合称五岳。袤（mào）广：南北为袤，东西为广，形容广阔。三坟：天下九州为九分，三坟即三分，形容广陵占地很多。

⑬ 崒（zú）：高耸险峻。岸：崖。断岸是陡峭的山崖。矗（chù）：高耸。长：高。

⑭ 制磁石：用磁石做门。御冲：防备带兵器的人冲入。据说秦代阿房宫的门是用磁石做的，人带兵器可被吸住。糊：涂。赪（chēng）壤：红色的土。飞文：画上花纹。

⑮ 基：城根。扃（jiōng）：门。固护：牢固。将：将要，打算。祀（sì）：年。一君：一姓为一君。

⑯ 出入三代：经过汉、魏、晋三个朝代。载：年。竟：终于。瓜剖豆分：指广陵城崩裂毁坏。

⑰ 泽葵：莓苔一类的植物。依：靠、贴。荒葛：荒芜的蔓草。罥（juàn）：挂，结。涂：同"途"，路。

⑱ 坛：祭堂的台子。罗：列，布满。虺（huǐ）：毒蛇。蜮（yù）：又名短狐，形似鳖，传说能含沙射人。麇（jūn）：獐子，像鹿但比鹿小的一种动物。鼯（wú）：一种会飞的鼠。

⑲ 魅（mèi）：鬼怪。野：指城外，野外。

⑳ 风嗥（háo）雨啸：在刮风下雨时吼叫。见（xiàn）：出现。趋：跑走。

㉑ 厉：磨。吻：嘴。鸱（chī）：鸱鹰。吓（hè）：怒叫，恐吓。雏（chú）：小鸟。

㉒ 暴：指凶暴的野兽。乳：这里作动词，以……为乳。飧（sūn）：饭食，作动词用，以……为食。

㉓ 崩：折倒。榛（zhēn）：丛生的树木。峥嵘（zhēng róng）：

高峻,这里作幽深可怕解。古馗(kuí):古道。

㉔ 早落:过早落叶。塞草:城墙上的草。前衰:提前枯萎。

㉕ 棱棱(léng):形容严寒。蔌蔌(sù):形容强劲的风声。

㉖ 孤蓬自振:蓬草自己飞起飘走。坐飞:无故而飞。

㉗ 灌莽:丛生的灌木。杳(yǎo):远得不见踪影,形容深远。无际:无边。丛薄:草木丛生。纷:繁杂。相依:互相牵扯。

㉘ 通池:护城河。既:已经。夷:平。峻隅(yú):高险的城角。颓:倒塌。

㉙ 直视:极目远望。黄埃:黄土。

㉚ 凝思:凝神。寂听:静听。摧:悲伤。

㉛ 若夫:至于。藻扃:有文彩的门,黼(fǔ)账:绣着花纹的帐子。基:台榭。

㉜ 璇(xuán)渊:玉池。碧树:玉树。弋(yì)林:射鸟的地方。钓渚(zhǔ):钓鱼的水渚。

㉝ 吴蔡齐秦之声:指各地歌唱弹奏之声。鱼龙爵马之玩:指各类供玩赏的。爵,同"雀"。

㉞ 薰(xūn):花草芳香。歇:停止。烬(jìn):灰烬。光沉:光华沉没。响绝:响声断绝。

㉟ 东都:指洛阳。妙姬:美妙的女子。南国:南方。丽人:美女。

㊱ 蕙心:性情好如兰蕙。纨质:体质轻美如纨素。纨:洁白的细绢。玉貌:容貌洁白如玉的样子。绛(jiàng):红色。

㊲ 莫:没有人。委:弃,丢掉。

㊳ 同舆:后帝与宫妃同车共游。舆(yǔ):宫车。离宫:皇帝的行宫,宫女守离寂寞孤苦。

㉟ 天道:命运。吞恨:含恨,怀恨。

⑩ 抽:取过。命:命名,取名。操:琴曲。为:叫做。

⑪ 歌曰:歌辞是。边风急:边塞烽火传来紧急的消息。并径:田间小路。后陇:田埂。

⑫ 千龄:千年。共尽:同归于尽。

平坦广阔的原野,南通苍梧南海,北达长城雁北。南北的水道运河,以广陵为轴心。在重重水道层层关口的环抱中,成为四通八达的交通要道。

在过去汉代最兴盛时期,车轴相撞,人肩相挨。百姓之门遍地皆是,音乐之声响彻云天。有盐田滋生财货,采铜山获取财利。人才雄厚充足,兵马十分精壮。所以能够超出秦朝的制度规模,赛过周朝的法令范围,兴建高大的城墙,深挖护城的水沟,打算永世走好运。因此,板筑的城墙非常高大,木架的望楼气势恢宏,高度盖过五岳大山,广阔得几乎要占天下三分,险峻如陡峭的山崖,高耸似高空的白云。做磁门防备带兵器的人闯入,涂红土画上美丽的花纹。看城阙如此坚固,好像能流传万年。经过汉、魏、晋三个朝代,五百多年时间,竟还是如瓜豆般剖割分离。

莓苔紧贴着井边,荒芜的葛藤长满道路。坛堂布满毒蛇短狐,阶前獐子飞鼠相斗。林怪和山鬼,野鼠和城狐,风天雨中长声噪叫,黄昏出没而早晨遁逃,饥饿的苍鹰磨着利嘴,凶恶的鹞鹰恐吓着小鸟。隐藏着凶兽和饿虎,伺机捕食饮血食肉。倒折的灌木堵塞道路,古道幽深令人骨寒。白杨过早凋落,城草提前枯萎。严霜刺骨,寒风凄凄,孤篷自拔而起,惊沙无故而飞。灌木深远无边无际,杂草丛生牵扯不离。护城的河沟已经填平,高耸的城角倒塌欲坠。极目远望千里之外,只见一片黄土飞起。静下心来仔细倾听,抚今追昔悲伤至极。

至于往日的彩门花帐,歌唱舞蹈的台榭;碧池玉树,射鸟垂钓的宫馆,吴蔡齐秦各国的音乐歌声,鱼龙雀马各种宝器玩物,全都香消火灭,光无声绝。东都洛阳的妙龄女子,江南水乡的美丽佳人,虽然性情美好,体质轻柔,容貌如玉,嘴唇鲜红,但她们却一个个都葬身石岗,骨弃荒郊。怎堪回想那同车共游之乐,空守离宫的辛苦呢?

人的命运就是如此,含恨的比比皆是。取得琴来为琴曲命名,就叫做《芜城之歌》。歌词大意是:边塞烽火紧急啊城头严寒,田间小路淹没啊田埂荒残。千年啊万代,同归于尽啊还有什么可谈!

帮你读

《芜城赋》是作者登临广陵,目睹历史名城遭乱而荒凉破败,感慨万千,于是写下了这首名垂千古的佳作。作者没有从眼前的荒城入笔,而是先描绘古城的盛况,今昔对比,倍增凄怆。

全赋可分为五段。第一段先总写广陵地势的雄伟壮阔,用笔极为简练。南通南海,北达雁北,"重江复关之隩,四会五达之庄",用墨不多就把广陵成为历史名城的险要地位勾勒出来,使以下写广陵的盛与衰都有所依托。

第二段，作者用极简洁极富表现力的语言，竭力描绘广陵昔日盛况。昔日广陵，人丁兴胜，歌吹沸天，资源富足，士马精妍，这是广陵繁盛的自然条件。所以广陵代代有发展，建筑高大的城墙，深挖护城的水沟，"格高五岳，袤广三坟"，其坚固程度，真可以由一姓统治万年了。然而仅仅三个朝代，广陵城"竟瓜剖而豆分"，土崩瓦解了，一个"竟"字寄托了作者对广陵城毁的无限痛惜，但原因何在竟不明言，启发读者去寻找答案。

第三段，作者没有急于回答读者的悬念，而是与上文热闹活跃的"全盛"描写相反，运用色彩、气氛的烘托渲染，极力描写古城衰败的景观。从巷陌井台到祭坛庭院，都成了蛇狐獐鼠盘桓争斗的场所，鬼魅狐鼠在风雨中哀嗥，饥鹰饿虎进行着弱肉强食的搏斗。古城的残破，已成鬼窟兽场，令人怵目惊心。再看那没有生命的景物，更是恐怖。白杨树的凋落萎枯，孤蓬惊沙的自振坐飞，河沟填平，城角倒塌，满目荒凉，一片尘沙，再也寻不到昔日繁盛的痕迹。读者不知不觉间已随作者"心伤已摧"。到底是什么原因使广陵落到如此境地？读者的悬念再度勾起。

第四段，作者还是没有回答问题，把古城残景又向前推进一步，怀想昔日盛城主人，唤起吊古伤今的强烈情感。昔日那些红帐歌舞宫女，那些碧池玉树前垂钓游弋的贵人，而今都伴随着"吴蔡齐秦之声"和"鱼龙爵马之玩"灰飞烟灭了。那些"东都妙姬，南国丽人"也都"埋魂幽石，委骨穷尘"。本来打算可以"修世以休命"，到如今却怎么会落到如此地步？实在急需解开这个悬念。

第五段，开头一句，作者将感慨兴亡的万千话语凝缩成："天道如何，吞恨者多"八个字。在这里，多少世间宝贵财富化为灰烬，多少仁人志士死于非命，抱恨终生！这一残酷的现实谁应负责，自然应该有一个评判。至此读者的悬念似解未消，渴望作者明示答案。出身寒门的鲍照，对当时的门阀制度早已不满，对兵乱的破坏更是愤恨。激愤之情使他"抽琴命操，为芜城之歌"："边风急兮城上寒，井径灭兮丘陇残。千龄兮万代，共尽兮何言！"真是千古悲歌，字字凝聚着作者的爱和恨，读来令人泪下。作者巧妙地回答出，"井径灭"，"丘陇残"的原因是"边风急"，是频繁的战火，是统治集团的争权夺利的争斗。

　　本篇就是这样一层一澜地将读者怀古伤今的情感步步引入高潮。作品中今昔强烈的对比，以及简练的文字、生动的语言，都收到了极好的艺术效果，我们今天学习这篇赋，应从这里得到借鉴。

月　赋

谢　庄

陈玉初丧应、刘,端忧多暇①。绿苔生阁,芳尘凝榭②。悄焉疚怀,不怡中夜③。乃清兰路,肃桂苑④。腾吹寒山,弭盖秋阪⑤。临浚壑而怨遥,登崇岫而伤远⑥。于时斜汉左界,北陆南躔⑦。白露暧空,素月流天⑧。沉吟齐章,殷勤陈篇⑨。抽毫进牍,以命仲宣⑩。

仲宣跪而称曰:臣东鄙幽介,长自丘樊⑪。味道懵学,孤奉明恩⑫。臣闻沉潜既义,高明既经⑬。日以阳德,月以阴灵⑭。擅扶光于东沼,嗣若英于西冥⑮。引玄兔于帝台,集素娥于后庭⑯。朒朓警阙,朏魄示冲⑰。顺辰通烛,从星泽风⑱。增华台室,扬采轩宫⑲。委照而吴业昌,沦精而汉道融⑳。

若夫气霁地表,云敛天末㉑。洞庭始波,木叶微脱㉒。菊散芳于山椒,雁流哀于江濑㉓。升清质之悠悠,降澄辉之蔼蔼㉔。列宿掩缛,长河韬映㉕。柔祗雪凝,圆灵水镜㉖。连观霜缟,周除冰净㉗。君王乃厌晨欢,乐宵宴㉘。收妙舞,弛清县㉙。去烛房,即月殿㉚。芳酒登,鸣琴荐㉛。

　　若乃凉夜自凄，风筲成韵㉜。亲懿莫从，羁孤递进㉝。聆皋禽之夕闻，听朔管之秋引㉞。于是弦桐练响，音容选和㉟。徘徊《房露》，惆怅《阳阿》㊱。声林虚籁，沦池灭波㊲。情纡轸其何托，诉皓月而长歌㊳。

　　歌曰："美人迈兮音尘阙㊴，隔千里兮共明月。临风叹兮将焉歇㊵。川路长兮不可越。"歌响未终，余景就毕㊶。满堂变容，回遑如失㊷。又称歌曰："月既没兮露欲晞㊸，岁方晏兮无与归㊹。佳期可以还，微霜沾人衣㊺。"

陈王曰:"善"。乃命执事,献寿羞璧^⑯。"敬佩玉音,复之无斁^⑰。"

汉魏六朝赋

谢庄(421~466),字希逸,阳夏(今天的河南太康)人。他在宋文帝、武帝、明帝三朝历任太子中庶子、吏部尚书、金紫光禄大夫等职,主张收复北方,广用贤能,反对门阀。他能诗善赋,作品多咏月吟风,题材狭窄,但能有所创新,其中以《月赋》最为有名。此赋作于武帝时,当时谢庄任吏部尚书,年约三十三岁。

① 陈王:即曹植,曾封为陈王。应、刘:指应玚(yáng)和刘桢(zhēn),是曹植的朋友,都属"建安七子"之列。初丧:指应玚、刘桢刚死不久。应、刘之死约在建安二十二年(217 年),当时曹植二十六岁。端忧:正在忧愁。暇(xiá):空闲。

② 阁:建在高处可供望远的房屋。榭(xiè):建在台上的房屋。这里的阁榭都是指过去与应玚、刘桢一起游宴的地方。芳尘:花瓣。凝:落满。

③ 悄焉:忧愁的样子。疚(jiù)怀:伤怀,伤心,心里难过。怡(yí):愉快。中夜:半夜。

④ 清:打扫。肃:清除。苑囿(pǔ):园圃。

⑤ 腾欢:奏乐喧腾。弭(mǐ):停。盖:车盖,代指车。阪(bǎn):山坡。

⑥ 浚(jùn):深。壑(hè):山沟。怨:埋怨。岫(xiù):山。伤远:怀念远方的人。

⑦ 汉:天河。左界:左边,指天河在天空的左边。北陆击躔

（chán）：北陆星向南移动，指时令到了深秋。躔，指日月众星的运行方向。

⑧ 暧（ài）：充满，弥漫。素：白，亮。流：运行，移动。

⑨ 沉吟：低吟。齐章：《诗经·齐风》中的章句。《诗·齐风·东方之日》："东方之月兮，彼姝者子，在我闼兮。"殷勤：殷切地吟诵。陈篇：《诗经·陈风》中的篇章。《诗·陈风·月出》："月出皎兮，佼人僚兮，舒窈窕兮，劳心悄兮。"

⑩ 毫：笔。牍（dú）：写字用的木板。当时古人把字写在木板上。命：命笔，作赋。意思是让仲宣作赋咏月。仲宣：即王粲，字仲宣，"建安七子"之一。

⑪ 鄙：边境，边远的地方。幽介：指出身寒微，这是自谦之词。丘樊：山畔，比喻住的地方简陋。樊，藩，藩篱。

⑫ 昧道懵（mēng）学：不懂道理，学问不深。孤奉恩：白白受到君王的恩惠。孤，同"辜"，辜负。奉，承受。

⑬ 沉潜既义：大地的形成合乎义理。沉潜，指地。义，即"宜"。高明既经：上天的运行合乎纲常。高明，指天。

⑭ 日以阳德：日具有阳德。月以阴灵：月具有阴精。

⑮ 擅（shàn）：挟带。扶光：扶木的光辉，传说太阳升起的地方，长有扶桑树。东沼：日出的地方。嗣（sì）：继承。若英：指日光。西冥（mǐng）：日落的地方。

⑯ 玄兔：传说中的月中玉兔，这里代指月光。帝台：帝王台榭，指天庭。素娥：即嫦娥，传说她是后羿的妻子，因偷吃了生长不死药，奔入月中。后庭：帝王的后宫。

⑰ 朒（nù）：月初的缺月。朓（tiǎo）：月末的缺月。警阙（quē）：警惕缺点错误。阙：同"缺"，缺点，过失。朏（fěi）：月亮初

汉魏六朝赋

升时，月光不强，叫朏或魄。示冲：表示谦虚谨慎。

⑱ 顺辰：按照十二月的次序。通烛：普照。从星泽风：按照星象布雨施风。

⑲ 华：光华。扬采：传播光采。

⑳ 委照：指月光照耀。吴业昌：传说孙策的母亲梦月入怀，于是生下孙策，奠定了吴国昌盛的王业。沦精：指月光照耀。汉道融：传说汉元帝皇后之母梦见月帝入怀，于是生下汉元帝皇后，她使汉朝帝业增添光明。

㉑ 若夫：至于。霁(jì)：雨过天晴。敛(liǎn)：收起。

㉒ 始波：开始扬波。脱：落下。

㉓ 山椒：山顶。流哀于江濑(lài)：流得很急的水。

㉔ 清质：指月亮清朗。悠悠：形容缓慢的样子。霭霭(ǎi ǎi)：指月光的柔和。

㉕ 列宿：众星。掩：掩盖。缛(rù)：繁多，这里指星光灿烂。长河：天河。韬(tāo)：隐藏。映：照耀。

㉖ 柔祇(qí)：指大地，古人认为地道阴柔。雪凝：指月光如雪凝结在地上。圆灵：指天空，古人认为天圆地方。水镜：指天空像水一般洁净的镜子。

㉗ 连观(guàn)：连接的宫观。观，皇帝的离宫别馆。霜缟(gǎo)：像霜和绢一样洁白。周除：四周宫殿的台阶。除，台阶。

㉘ 晨欢：早晨欢乐。宵宴：夜晚盛宴。

㉙ 驰：放下。清县：指悬挂的钟磬(古代乐器)。县，同"悬"。

㉚ 去：离开。即：来到。

㉛ 登：进酒。荐：进献。

㉜ 若乃：至于。风篁(huáng)：风吹竹林。篁，指竹林，

竹子。

　　㉝ 亲懿(yì)：要好的亲属。莫从：没有跟随的人，即身边没有人。羁(jī)孤：流落在外的人。递进：接连而来。

　　㉞ 聆(líng)：仔细听。皋禽：指鹤。《诗经·小雅·鹤鸣》："鹤鸣于九皋。"夕闻：晚间鸣叫。朔管：羌笛。朔，北方。秋引：秋天的曲调。

　　㉟ 于是：在这时候。弦桐：琴。练响：选择调谐音响。音容选和：指琴音和人情相和。

　　㊱ 房露、阳阿：都是古曲名。惆怅：愁闷。

　　㊲ 声林：指有声响的竹林。虚：停止。籁(lài)：风吹洞穴发出的音响。沦：水池中的微波。

　　㊳ 纡轸(yū zhěn)：悲痛。诉：倾诉。

　　㊴ 迈：远。音尘：音信。阙(quē)：同"缺"，断绝。

　　㊵ 临：面对。焉歇：何时停歇。

　　㊶ 就：接着。毕：完。

　　㊷ 回遑(huáng)：彷徨不安的样子。

　　㊸ 没：消失。晞(xī)：干。

　　㊹ 晏：晚。无与归：没有人可与一同归去。

　　㊺ 佳期：约会的人。

　　㊻ 执事：指左右侍奉的人。献寿：敬酒祝贺。羞：进献。璧：宝玉。

　　㊼ 玉音：对别人言辞的敬称，这里指王粲(仲宣)所说的话。复之：反复诵读。斁(yì)：厌倦。

　　陈王刚刚失掉应玚和刘桢，正忧愁多有空闲。绿苔生上了台阁，落花布满了亭榭。让人忧愁又伤心，直到半夜里都心神不快。于是打扫飘着兰香的小路，清理长满桂树的园圃。在寒山上奏起音乐，把车停在秋天的山坡间。面对幽谷而萌生愁怨，登上高山而怀念远人。这时天河斜挂在右边的天空，北陆星向南方移转。像白露撒满天际，素洁的月光弥漫苍天。低吟《诗经》中咏月的诗句，感情奔涌在心间。取出笔递过简板，请仲宣试赋明月篇。

　　仲宣长跪而说道：我东方一个微贱的人，从小生长在寒门。道理不通学问浅，白白蒙受君王恩，我听说大地的形成合乎义理，上天的运行合乎纲常。太阳具有阳德，月亮具有阴精。太阳挟着扶木的光辉自东沼升起，月亮在日落后继续放出光华。从帝台引来玉兔，到后宫邀集嫦娥。月缺启发人警惕缺点，月光淡薄也让人懂得自谦。月亮依照辰次布撒光辉，顺从天理施加风雨。月色使楼台亭阁倍增华光，轩窗宫殿放出异彩。月光普照使吴国强盛，光华遍施令汉室光明。

　　至于水气浮于地面，白云聚拢西天，洞庭开始扬波，树叶偷偷坠落。野菊在山顶上散发幽远的清香，群雁在激流的水边发出哀怨的鸣叫。月儿缓缓悠悠的升起，徐徐降下柔和的光华。灿烂的群星黯然失色，明亮的天空再无华彩。大地恰似白雪凝结，苍穹(qióng)有如清水明澈。宫观好像霜缟(gǎo)那样洁白，周围台阶如同水一样明净。君王于是厌倦早晨的欢聚，喜欢夜晚的盛宴。舞女收起美妙的舞姿，乐工放下手中的乐器。离开烛光辉映的宫室，来到月光融融的堂殿。进上香甜的美酒，再把悠扬的琴声敬献。

至于寒夜凄凉，风吹竹林发出声响。远离亲眷在外，孤独之感便接连而生。聆听夜晚的鹤鸣，静听羌（qiāng）笛中的秋声。这时琴弦选声择调，乐音与人情相和。《房露》曲调让人徘徊不安，《阳阿》一曲又使人愁苦郁闷。这时山林万籁俱寂，池水也不生波澜。悲痛的情感何处寄托，只有向着明月放声高歌。

唱道："美人离去啊，音讯断绝，相隔千里啊，共赏明月。对风而叹啊，何时停歇，路途遥遥啊，不能飞越。"歌声未止，眼前景象跟着消失。在座的一个个脸色改变，徨徨然像若有所失。接着又唱道："明月已落啊露水欲干，正当晚年啊无人相伴。怎么回到佳人身边啊，微微寒霜啊沾湿衣衫。"

陈王说道："好！"于是命左右侍从，敬酒献璧。赞美仲宣言辞，反复吟诵不厌。

谢庄的《月赋》是一篇咏物小赋。从形式上看，它保留了古赋一般采用主客对答的写法，从内容上说，不过是抒写怀人之情和迟暮之感，并用了大量典故，但是此赋在写景状物、渲染气氛的手法上，有许多独到之处，可供学习。

全赋可分为六个段落。

第一段，是全赋的一个引子。先写陈王初丧应玚和刘桢，情绪极为伤感，创造一个凄凉的情绪，即使夜晚出游，也是"怨遥"，

"伤远",触景伤情,登高怀远,陈王的心情极不好。但是他看到"白露暧空,素月流天"时,情绪似乎有些好转,于是邀请仲宣作赋咏月。这里作者假托曹植、王粲(càn)两个历史人物,并借曹植命王粲作赋来咏月。这种假设很富有故事性,即创造了气氛,又为本赋定了基调。以下从第二段到第五段是赋的主体部分,借仲宣之口咏月。

第二段,咏月开始。作者借仲宣之口叙述了许多有关月亮的传说,引用了许多典故。并运用丰富的联想,给人以启迪。如从月亮的圆缺想到人应该不断克服缺点,从月初光淡想到人要谦和,都蕴含着一定的哲理。这里作者有暗示陈王之意,足见其用心良苦。

第三段,写月夜宁静的优美。作者把月亮放在秋天,而且是深秋的背景上来描写,因为秋在江天寥廓,月色更显得鲜明。"若夫气霎(wén)地表,云敛天末。洞庭始波,木叶微脱。菊散芳于山椒(jiāo),雁流哀于江濑",作者首先向我们展示了一幅秋天的图景,抓住"气"、"云"、"波"、"叶"、"菊"、"雁"六个特点来写,突出了秋天夜晚的寥廓、宁静。虽有波涌和雁鸣,但在这里却起到反衬作用。在这样优美的背景下,"升清质之悠悠,降澄辉之霭霭",一轮明月当空,"列宿掩缛(rù),长河韬映",用群星和银河黯淡失色衬托月明,又连用四个比喻,"柔祇(zhǐ)雪凝,圆灵水镜。连观霜缟,周除冰净",来描写月光的皎洁,这些比喻都能引发读者的美丽想像。最后通过"收妙舞,弛清县。去烛房,即月殿",来写月夜的宁静、优美和诱人。陈王要排遣内心的忧闷,这确实是个理想的去处。

第四段，写孤客在凄凉秋夜，月下独处的感受。秋景本来容易使人伤感，作者又有意将人物安排在"凉夜自凄"、"亲懿（yì）莫从"的条件下赏月，那怀人之苦和迟暮之感怎能不连接而生？在这寂静的月夜，聆听"皋禽之夕闻，朔管之秋引"，怎能不使人徘徊惆怅？此若此愁只有向明月诉说。这一段主要通过月夜下各种"声音"来渲染凄清的气氛。

第五段，通过歌辞来表达孤客的怀旧之苦和迟暮之愁。歌辞第一首，前两句把对美人的怀念寄托在"共明"上。三、四句直写离愁之苦与前面的"怨遥"、"伤远"相呼应。第二首，把怀旧的凄苦之情推向高潮。此时"余景既毕"、"月既没"，怀念之情无处寄托，"岁月晏"更增怀旧的凄苦。这一段主要通过两首歌辞点明了此赋的主题。

第六段，以陈王赞美仲宣咏月之辞作结，照应了第一段。

总之，我们已经看到作者为了表现主题，首先假托了一个"初丧应、刘"的容易触景伤情的陈王，又在渲染宁静月夜之后，安排孤客月夜独处，触景伤怀。最后又用两首歌来突出主题。作者使用的衬托、比喻、联想等手法，使赋辞有很强的感染力，这是很值得我们学习的。但作者表现的迟暮之感和离别之情，则是消极而不足取的。

别 赋

江 淹

黯然销魂者，唯别而已矣①！况秦、吴兮绝国，复燕、宋兮千里②。或春苔兮始生，乍秋风兮暂起③。是以行子肠断，百感凄恻④。风萧萧而异响，云漫漫而奇色⑤。舟凝滞于水滨，车逶迟于山侧⑥。棹容与而讵前，马寒鸣而不息⑦。掩金觞而谁御，横玉柱而沾轼⑧。居人愁卧，怳若有亡⑨。日下壁而沉彩，月上轩而飞光⑩。见红兰之受露，望青楸之离霜⑪。巡层楹而空掩，抚锦幕而虚凉⑫。知离梦之踯躅，意别魂之飞扬⑬。

故别虽一绪，事乃万族⑭。至若龙马银鞍，朱轩绣轴⑮，帐饮东都，送客金谷⑯。琴羽张兮箫鼓陈，燕赵歌兮伤美人⑰。珠与玉兮艳暮秋，罗与绮兮娇上春⑱。惊驷马之仰秣，耸渊鱼之赤鳞⑲。造分手而衔涕，感寂寞而伤神⑳。

乃有剑客惭恩，少年报士㉑。韩国赵厕，吴宫燕市㉒。割慈忍爱，离邦去里㉓。沥泣共诀，抆血相视㉔。驱征马而不顾，见行尘之时起㉕。方衔感于一剑，非买价于泉里㉖。金石震而色变，骨肉悲而心死㉗。

　　或乃边郡未和,负羽从军㉒。辽水无极,雁山参云㉓。闺中风暖,陌上草薰㉚。日出天而耀景,露下地而腾文㉛。镜朱尘之照烂,袭青气之烟煴㉜。攀桃李兮不忍别,送爱子兮沾罗裙㉝。

　　至于一赴绝国,讵相见期㉞?视乔木兮故里,诀北梁兮永辞㉟。左右兮魂动,亲宾兮泪滋㊱。可班荆兮赠恨,唯樽酒兮叙悲㊲。值秋雁兮飞日,当白露兮下时㊳。怨复怨兮远山曲,去复去兮长河湄㊴。

又若君居淄右，妾家河阳㊵。同琼佩之晨照，共金炉之夕香㊶。君结绶兮千里，惜瑶草之徒芳㊷。惭幽闺之琴瑟，晦高台之流黄㊸。春宫閟此青苔色，秋账含兹明月光㊹。夏簟清兮昼不暮，冬缸凝兮夜何长㊺！织锦曲兮泣已尽，回文诗兮影独伤㊻。

倘有华阴上士，服食还山㊼。术既妙而犹学，道已寂而未传㊽。守丹灶而不顾，炼金鼎而方坚㊾。驾鹤上汉，骖鸾腾天㊿。暂游万里，少别千年㉖。惟世间兮重别，谢主人兮依然㉗。

下有芍药之诗，佳人之歌㉘。桑中卫女，上宫陈娥。春草碧色，春水渌波㉙。送君南浦，伤如之何㉚！至乃秋露如珠，秋月如珪㉛。明月白露，光阴往来。与子之别，思心徘徊。

是以别方不定，别理千名㉜。有别必怨，有怨必盈㉝。使人意夺神骇，心折骨惊㉞。虽渊、云之墨妙，严、乐之笔精㉟；金闺之诸彦，兰台之群英㊱。赋有凌云之称，辨有雕龙之声㊲。谁能摹暂离之状，写永诀之情者乎㊳？

讲一讲

江淹（444～505），字文通，济阳考城（今天的河南兰考县）人。他出身孤寒，沉静好学，仰慕司马相如为人，早年即以文章名世。在宋、齐、梁三代历任南徐州从事、御史中丞、金紫光禄大夫，封醴陵侯。他所作诗幽深奇丽，在宋、齐诗人中与鲍照齐名。晚年诗文不如前期，人称"江郎才尽"。赋以《别赋》、《恨赋》著名。后人辑有《江文通集》。《别赋》大约作于江淹因建平王谋反之事被贬期间，时年约三十二岁。江淹前半期仕途坎坷，饱尝了世事的艰辛，在任吴兴令的两年间，次女和妻子先后死去，使他对人间离愁别绪感受颇深，于是写下这篇赋作。

①黯（àn）然：心里不舒服，情绪低落的样子。销魂：失魂落魄。唯别：只有离别。而已：罢了。

②秦、吴：春秋战国时，秦国在西北，吴国在东南。绝国：国土相隔很远。绝，极远。燕、宋：燕国地处宋国东北，宋国位于燕国西南。

③或：或者。苔：苔藓。乍：忽然。暂起：刚起。

④是以：因此。行子：行者，旅人。肠断：形容伤心痛苦到极点。百感：种种凡事。凄恻：悲伤难过。

⑤萧萧：风声。漫漫：无边无际的样子。

⑥凝滞：停留不动。逶迟：缓慢。

⑦棹（zhào）：船桨。容与：迟缓不进的样子。讵：岂，难道，哪里。寒鸣：悲鸣。

⑧掩：遮盖。金觞（shāng）：古代喝酒用的器物。御：进，指喝酒。横：放下。玉柱：琴上挂弦的短柱，这里代指琴瑟。沾：眼泪沾湿。轼：车前用来凭靠的横木。

⑨居人：居留者，一般指留在家中的女子。恍（huǎng）若有亡：精神恍忽若有所失。亡：失。

⑩日下壁：日光从墙壁上落下，即日落。沉彩：彩光隐没，指太阳落去。轩：窗。飞光：光彩飞扬。

⑪红兰：朱兰，花名。青楸（qiū）：青色楸树。楸，一种落叶乔木。离：通"罹"，遭受。

⑫ 巡：巡行。楹（yíng）：房屋的柱子，代指房屋。层楹：一重重房屋。掩：关闭。空掩：虚掩。抚：摸。锦幕：有彩色花纹的丝织帷帐。虚凉：空虚，凄凉。

⑬ 离梦：离别后的梦境。踯躅（zhí zhú）：徘徊。意：追思。别魂：指行子，旅人。

⑭ 一绪：同一种情绪。乃：却。族：种、类。

⑮ 至若：至于。龙马：骏马。轩：有帷幕的车。绣轴：有采饰的车。

⑯ 账饮：设账郊外，饮酒钱别。东都：指长安东都门。金谷：地名，在今天的河南洛阳西北。西晋大臣石崇在这里筑园，并于西晋惠帝元康六年（296 年）在这里送别征西将军王诩（xǔ）。

⑰ 琴羽：琴声。张：奏。陈：排列，指演奏。燕赵：指燕赵两地的歌女。伤美人：唱着使美人忧伤的曲子。

⑱ 珠与玉：珠光和玉色。艳暮秋：使晚秋都显得艳丽。罗：罗衫。绮（qǐ）：有花纹的丝织品。娇上春：妖艳胜过春天。

⑲ 驷马：驾车的马，古代一车四马为驷。秣（mò）：喂牲口。耸：跃出水面。渊鱼：深水池中的鱼。赤鳞：露出红色的鱼鳞。

⑳ 造：到了。衔涕：含泪。伤神：伤心。

㉑ 剑客：精通剑术的人，这里指刺客。惭恩：受人恩德而未报答。报士：受人礼遇而图报答。

㉒ 韩国：指战国时聂政以刺杀韩相侠累来报答严仲子之事。赵厕：指战国初期，晋国智伯被赵襄子所灭，他的客卿豫让化装埋伏在厕所里，刺杀赵襄子之事。吴宫：指春秋时吴公子光设计宴请王僚，刺客专诸用藏在鱼腹中的匕首将王僚刺死之事。燕市：指燕太子丹从燕国市井中找到荆轲去刺杀秦王之事。

㉓割慈忍爱：指离开亲人好友。邦：指国家。里：指家乡。

㉔沥泣：流泪。共诀：相别。抆血：擦拭哭红了的眼睛。抆（wèn）：拭，擦。

㉕驱：驱赶。顾：回头看。行尘：行程上的尘土。时：时时，常常的意思。

㉖方：正。衔感：怀着知遇报恩的感情。一剑：仗剑行刺。买：买取名声。泉里：黄泉之下，指丧命。

㉗金石震：钟鼓齐鸣。色变：指荆轲和秦舞阳来到秦廷，钟鼓齐鸣，秦舞阳吓得变了脸色。骨肉悲而心死：指聂政刺杀侠累后，怕连累家人，割面剖腹而死。姐姐聂嫈抱尸相认，痛哭而死。

㉘或乃：或者是。边郡：边疆的郡县。未和：不安。负羽：背着弓箭。羽：箭。从军：参军。

㉙辽水：辽河，有今天的辽宁省。极：边际。雁山：在今天的山西省，是当时的北方军事重地。参云：高耸入云。

㉚闺：内房。陌（mò）：田间小路。薰：香。

㉛景：日光。腾文：呈现光彩。文，文彩。

㉜镜：在这里作动词，照映。朱尘：阳光下呈现的红色烟尘。照烂：光彩绚烂。袭：笼罩。青气：春天清新的气息。烟煴（yūn）：气味浓郁的样子。

㉝攀：攀折。沾：湿。

㉞绝国：隔绝的国家，指去异国他乡。讵（jù）：岂，哪里。

㉟乔木：高大的树木。故里：故乡。诀：离别。北梁：北面的桥上。永辞：永别。

㊱魂动：悲情激动。泪滋：泪流。

㊲斑：布，铺。荆：荆草，草席。赠恨：表达别恨。樽（zūn）：

酒杯。叙悲:述说离愁。

㊳ 值:恰逢。飞日:在天空飞翔的季节。下时:指霜露下降的日子。

㊴ 怨:怨恨。曲(qū):曲折。去:离去。湄:水声。

㊵ 淄(zī):淄水,在今天的山东省。右:西边。妾:古代女子的自称。河阳:黄河北岸,古代以今天的河南孟县一带为河阳。

㊶ 琼佩:白玉做的佩饰。晨照:晨光照耀。金炉:金属香炉。夕香:夜晚的香味。

㊷ 结绶:指出外做官。绶是官印上的丝带,代指做官。瑶草:一种仙草,代指年轻的妇女。徒:空。芳:这里指年华美貌。

㊸ 幽闺:幽深的闺房。晦:昏暗。流黄:黄色的绢。

㊹ 閟(bì):掩门。兹(zī):这。

㊺ 簟(diàn):竹席。钉(gāng):油灯。

㊻ 织锦:前奏窦滔在外做官时,另有新欢。家里的妻子苏蕙知道后,在一匹锦上织了一首回文诗寄给他,表达了对他的深情和劝诫,使窦滔有所感动。曲:长。回文诗:一种纵横反复都可读的诗。

㊼ 倘有:或有。华阴:今天的陕西华阴县。上士:道士。服食:服用丹药。还山:成仙归山。

㊽ 术:道术,仙术。犹:还。寂:安静,指道已达到最高境界。未传:没有流传。

㊾ 丹灶:丹炉。不顾:不恋家。金鼎:指炼丹的鼎。坚:坚定,坚决。

㊿ 驾鹤:乘鹤。上汉:上天。传说王子晋好吹笙,游于伊洛之间,被仙人浮丘生接引上嵩山,后乘白鹤升天。骖(cān)鸾:乘

着鸾凤。腾天:升天。

(51) 暂:时间极短。少别:稍许一别。千年:人间便是千年。

(52) 重(zhòng)别:以离别为重。榭:辞别。依然:依恋不舍的样子。

(53) 下有:还有。芍药:香草名。芍药之诗,指《诗经·溱洧(zhēn wěi)》,其中有"维士与女,伊其相谑,赠之以芍药"的句子,表示男女相恋之情。佳人之歌:指汉武帝时李延年为武帝进李夫人时唱的歌,歌中有"北方有佳人,绝世而独立,一顾倾人城,再顾倾人国"的句子,表示佳人美丽。

(54) 桑中:卫国地名。上宫:陈国的地名。它们都是指男女约会的地方。卫女:卫国的少女。陈娥:陈国的少女。她们都是泛指热恋中的女子。这两句出自《诗经·桑中》篇:"期我乎桑中,要我乎上宫,送我乎淇之上矣。"

(55) 碧色:绿色。渌(lù):水清。

(56) 南浦:泛指男女离别的地方。《楚辞》:"子交手兮东行,送美人兮南浦。"伤:伤心。如之何:怎么对付它。

(57) 至乃:至于。珪(guī):圆形的玉。

(58) 是以:因此。别方不定:别离的方式不同。别理千名:别离的原因很多。

(59) 必盈:必定很深。

(60) 意夺:如同说销魂。骇:惊。心折骨惊:形容离别的痛苦。折:碎裂。

(61) 渊:指汉代王褒(bāo),字子渊。云:指汉代扬雄,字子云。两人都是辞赋家。墨妙:文章精妙。严、乐:指汉代严安、徐乐,两人都是著名文人。笔精:指文笔精采。

㉒ 金闺：金马门，汉代长安求见皇帝的人聚集的地方。彦：有才学的人。兰台：汉代宫廷藏书的地方，也是文才聚集的地方。英：英才。

㉓ 赋有凌云之称：司马相如作《大人赋》，汉武帝看了非常高兴，说读了此赋，飘飘乎有凌云之感。辩有雕龙之声：战国时邹奭（shì）学邹衍（yǎn）的辩术，文饰有如雕龙，因此称他为"雕龙奭"。声：名声。

㉔ 摹：描写。

译过来

世间最令人失魂落魄的，只是离别罢了！何况秦国和吴国相去极远，而燕国和宋国也有千里之遥。或者是在春苔刚刚长出时，或者是秋风阵阵刮起时。因为此时的远行人肝肠欲断，悲伤痛苦百感交集。萧萧秋风发出不同往日的声响，漫漫云天也因此改变了颜色。船在水边停滞不行，车在山侧缓慢移动。船桨不肯向前划，马的悲鸣声声不断。把没人肯喝的酒倾倒地上，弹起琴瑟不觉泪水沾湿了车轼。闺房里的妻子忧愁而卧，神志恍惚若有所失。墙壁上的阳光失去了光彩，月光悄悄照到楼窗上。看那朱兰已着寒露，青楸树已遭受严霜。巡看一间间虚掩着的空屋，抚摸着锦色帐幔感到无限凄凉。想到行人必然会离梦徘徊，别魂飘荡。

所以说离别时的心境虽然相同，但离别的情形却有种种。至于那骏马银鞍，朱厢彩轴，在东都以饯（jiàn）别，在金谷园送客。鼓乐齐鸣，歌声婉转。珠光宝气使秋色更加艳丽，罗衫彩服使春光更加娇美。正在吃草的马为之惊动，深水中的鱼也跃出水面。分手者眼中含泪，为将要到来的寂寞而伤心。

更有剑客感恩，壮士图报，如韩国的聂政和赵国的豫让，吴官的专诸和燕国的荆轲，送别时割舍慈爱，远离故乡。洒泪诀别，擦着哭红的双眼，打马前去不忍再回头，只见路上腾起阵阵烟尘。满怀报恩的决心，不是为买取名声而去送命。钟鼓声令人色变，骨肉亲人因他的离去而哀伤至极。

或者是因为边境不安，拿起武器去投军。远至天边的辽河，高入云端的雁山。这时只是春风送暖，田间花香，阳光灿烂，露珠闪耀。人间到处光彩绚烂，袭来阵阵清新的气息。分手者攀折桃李而不忍离别，送走我的爱人啊泪湿衣裙。

至于远赴异国他乡的，哪里还有相见的日期？再看一眼故乡的树啊，永远的诀别就在北面的桥边。左右的人失魂落魄，亲友们都泪水涟涟。坐在草地互相倾吐离恨，举起酒杯一同诉说悲怀。正是秋天大雁南飞的时候，又当白露降临的季节。怨恨远山遮断了我的视线，想那行人已走到大河岸边。

又如他家住在淄水西，我家住在黄河北。当年在晨光中两人同起照镜，夜晚围在香炉边共坐相伴。他赴官远去千里之外，可惜我独自虚度青春。闺房中的琴瑟无心弹奏，高台上的帷幕也蒙上了黄尘。春天屋阶生满青苔，秋夜帐内洒下月光。夏日竹席清凉犹嫌白昼迟迟，冬天灯光凝结又觉夜晚太长！一边织锦啊一边洒泪，写成回文诗啊顾影自伤。

或许又有华阳道士，服用丹药成仙归去。还在修炼高妙的方术，一心追寻失传的道法。他守着丹炉毫不顾家，烧炼金丹意志更坚。等到他乘着白鹤冲上云霄，驾着鸾（luán）凤飞上青天，短暂一游便是万里，稍许一别就是千年。他依然像人间一样以离别为重，辞别世人时也是恋恋不舍。

还有男女相爱的芍药诗，苦苦思恋的佳人歌。卫国的桑中妙女，陈国的上官素娥。春草生长出一片绿色，春水荡漾着层层清波。此时送君送到南浦，离别的苦涩又当如何！至于秋露晶莹珍珠，秋月圆圆如白玉。明月和着白露，光阴快如穿梭。此时回想与君的离别，更会增添思念的愁苦。

因此离别的方式不同，离别的原因也多种多样。有别离必生怨恨，其怨恨必定日久愈深。这怨恨使人丧魂失魄，心碎骨惊。即使是王褒、杨雄的文才，严安、徐乐的妙笔；金马门的众多秀才，兰台的各位学士，尽管他们的赋有凌云的笔力，口才有极高的声望，又有谁能描绘出这短暂离别时的情景，表达出永久分开时的心绪呢！

帮你读

《别赋》是江淹的代表作之一，历来为人们传诵，脍炙人口。其原因大概是因为江淹早期仕途坎坷，颠沛流离，寄人篱下，饱尝了世事艰辛和离别之苦。特别是在作此赋时，正是他贬官吴兴，尝受了父子、夫妻永诀之苦，对世间的离愁别恨有较深的感受。所以他能感情真挚、生动形象地在赋中描写出各种离情别绪，深深地打动了读者的心。

第一段总写离别之苦，再具体写行子与居人的离愁。"黯然销魂者，唯别而已矣！"开头这两句总写，不仅是点题之笔，更是作者根据自己亲身经历的辛酸，呼喊离子们共同的心理感受，读来惊心荡魄，催人泪睛。以下写行子与居人的离愁，主要是通过景物描写来烘托人物的愁苦之情。春苔始生行子眷恋，秋风乍起内心悲凉。在这离别的心境中，连风声云色都与往日不同。"舟凝滞"，"车逶迟"，"棹容与"，"马寒鸣"，这些看似写景，实际上表现的是人的心理，情在景中。而"掩金觞"，"横玉柱"，又是通过动作直接揭示行子的离别悲愁。居人愁卧家中，看到日影消失，月光初上，红兰受露，青楸遭霜，重门虚掩，锦幕空凉，这一切层层渲染别后冷寞孤寂的心情，使人读了备受感染。

第二段写达官贵人的离别场景。开头写离别的心情虽然一样，但离别的情形却有种种，预示着作者将写各种各样的离别。这里首先写有钱人的离别，通过华贵热闹场面的描写，反衬离别者的凄苦心情。"龙马银鞍"，"朱轩绣轴"，乐声阵阵，舞姿翩翩，这浩大的送别场面，甚至惊动了"驷马"和"渊鱼"。然而这一切更增加了主人公分手时的"衔涕"和"伤神"。

第三段写刺客的生离死别。通过恩主义士的"沥泣共诀，扠血相视"的悲壮告别场面，来写离别的悲惨。壮士跃马而去，义无反顾，割慈忍爱，远走他乡，不是为了换取名声，而为了报恩，亲人知道他有去无回而悲伤至极。

第四段写从军者的离别。先用"辽水无极，雁山参云"这样山高水远一去难返的描写来突出出征者的悲苦心理。接着通过春风送暖、田间花香，阳光灿烂，露珠闪耀等送别时景物的描写反衬离子的愁思。在这样大好春光的时节本来应该欢聚一堂，现在却要忍痛离别，怎不让人泪湿裙衫。

第五段写远赴异国他乡的离别。远行人与亲人依依惜别的场景，刻画得细致入微。远行人要走了，站在北面的桥边，再看一眼家乡的树啊,"左右兮魂动,亲宾兮泪滋",坐在草地上再说几句知心的话,举起酒杯再叙叙心中的悲愁。这种难舍难分的告别场面,再加上"秋雁"、"白露"的景物的烘托,把离别人的内心愁苦,刻画得淋漓尽致。

第六段写夫妇别情,通过闺中少妇对远离家乡的丈夫的怀念和独居的愁苦来表现。先是回忆当初夫妻"同琼佩"、"共金炉"的欢情,接着写丈夫离去后孤苦的现实,形成鲜明的对照。独居闺中已心灰意冷,琴瑟无心弹奏,帷幕蒙上黄尘,春夏秋冬一年四季难以排遣心中的思念,只好织锦洒泪,写诗独伤。作者正是抓住了这样典型环境中的描写,充分表现了与亲人分别后闺妇的孤寂清冷和无限哀愁。

第七段写求仙学道者的离别。求仙学道是要超脱凡尘的,所以作者一开头极力描写道士"守丹灶而不顾,炼金鼎而方坚"的对离别毫不在意的心态。然而笔锋一转,他也逃脱不了世人的离愁,当他告别世人升天而去时,也"依然"恋恋不舍。

第八段写青年男女恋人之别。前四句芍药之诗,佳人之歌,桑中少女,上官陈娥,引诗用典写出男女青年相恋的欢情。接着写恋人在春天里离别"伤如之何"。时光如梭,转眼到了秋天,回忆离别之时,相思的情景,更加心切。

第九段是对全赋的总结,说明离别之情难以用语言来表达。用"意夺神骇","心折骨惊"总写离别的愁苦。接着以王褒、扬雄、严安、徐乐那样有文才的学士,都难以将离情别恨完全表达出来这一事实,突出说明"黯然销魂者,唯别而已矣"这一主题。

这篇赋层次清晰,以各种手法刻画人物心理,辞藻华丽,感染力强,是作品突出的特点。此外还运用了大量对仗工整的偶

句,增强了艺术效果。

　　作者对大量生离死别作了高度概括,在一定程度上反映了那个时代的动乱,反映了人民对离乱的怨恨情绪。因此,它在历史上具有一定的进步意义。

小 园 赋

庚 信

　　若夫一枝之上,巢父得安巢之所①;一壶之中,壶公有容身之地②。况乎管宁藜床,虽穿而可坐③。嵇康锻灶,既暖而堪眠④。岂必连闼洞房,南阳樊重之第⑤;绿墀青琐,西汉王根之宅⑥。余有数亩弊庐,寂寞人外⑦。聊以拟伏腊,聊以避风霜⑧。虽复晏婴近市,不求朝夕之利⑨;潘岳面城,且适闲居之乐⑩。况乃黄鹤戒露,非有意于轮轩⑪;爰居避风,本无情于钟鼓⑫。陆机则兄弟同居,韩康则舅甥不别⑬。蜗角蚊睫,又足相容者也⑭。

尔乃窟室徘徊，聊同凿坯⑮，桐间露落，柳下风来⑯。琴号珠柱，书名玉杯⑰。有棠梨而无馆，足酸枣而非台⑱。犹得敧侧八九丈，纵横数十步，榆柳三两行，梨桃百余树⑲。拨蒙密兮见窗，行敧斜兮得路⑳。蝉有翳兮不惊，雉无罗兮何惧㉑！草树混淆，枝格相交㉒。山为篑覆，地有堂坳㉓。藏狸并窟，乳鹊重巢㉔。连珠细茵，长柄寒匏㉕。可以疗饥，可以栖迟㉖。崎岖兮狭室，穿漏兮茅茨㉗。檐直倚而妨帽，户平行而碍眉㉘。坐帐无鹤，支床有龟㉙。鸟多闲暇，花随四时㉚。心则历陵枯木，发则睢阳乱丝㉛。非夏日而可畏，异秋天而可悲㉜。

一寸二寸之鱼，三竿两竿之竹㉝。云气荫于丛蓍，金精养于秋菊㉞。枣酸梨酢，桃榹李薁㉟。落叶半床，狂花满屋㊱。名为野人之家，是谓愚公之谷㊲。试偃息于茂林，乃久羡于抽簪㊳。虽有门而长闭，实无水而恒沉㊴。三春负锄相识，五月披裘见寻㊵。问葛洪之药性，访京房之卜林㊶。草无忘忧之意，花无长乐之心㊷。鸟何事而逐酒，鱼何情而听琴㊸？

加以寒暑异令，乖违德性㊹。崔骃以不乐损年，吴质以长愁养病㊺。镇宅神以薶石，厌山精而照镜㊻。屡动庄舄之吟，几行魏颗之命㊼。薄晚闲闺，老幼相携㊽。蓬头王霸之子，椎髻梁鸿之妻㊾。燋麦两瓮，寒菜一畦㊿。风骚骚而树急，天惨惨而云低(51)。聚空仓而雀噪，惊懒妇而蝉嘶(52)。

昔草滥于吹嘘，籍文言之余庆(53)。门有通德，家承赐书(54)。或陪玄武之观，时参凤凰之墟(55)。观受釐于宣室，赋

《长杨》于直庐㊱。遂乃山崩川竭，冰碎瓦裂，大盗潜移，长离永灭㊲。摧直辔于三危，碎平途于九折㊳。荆轲有寒水之悲，苏武有秋风之别㊴。关山则风月凄怆，陇水则肝肠断绝㊵。龟言此地之寒，鹤讶今年之雪㊶。百灵兮倏忽，光华兮已晚㊷。不雪雁门之踦，先念鸿陆之远㊸。非淮海兮可变，非金丹兮能转㊹。不暴骨于龙门，终低头于马坂㊺。谅天造兮昧昧，嗟生民兮浑浑㊻。

讲一讲

庾（yǔ）信（513～581），字子山，南阳新野（今属河南）人。他天资聪敏，勤奋好学，十五岁入东宫为梁太子伴读，后同徐陵一起为抄撰学士。他的诗歌绮绝，与徐陵齐名，时称"徐庾体"。侯景之乱时，庾信到了江陵，被梁元帝任命为右卫将军。后奉使西魏，江陵陷落后，留在西魏。北周明帝、武帝都喜好文学，对庾信倍加尊重和照顾。庾信官至骠骑大将军、开府仪同三司。位虽通显，但常有怀乡之念，作有《哀江南赋》。庾信被留北方时，常有隐居之意，于是作《小园赋》。他老年时的作品，多是感伤遭遇，情调苍凉悲劲，为杜甫所推崇，有"庾信文章老更成，凌云健笔意纵横"之语。今有《庾子山集》留世。

① 若夫：发语词，"像那"。巢父：古代尧时一位隐士，年老以树为巢，住在树上。

② 壶公：《神仙传》中的一位仙人，常在日落之后跳入壶中，别人看不见他在哪里。

③ 管宁：三国时魏人，辞官归家后常坐在一榘（lì）木床上，

历时五十五年，床上当膝处都已磨穿。（古人坐时两膝着地）床：坐具，即木榻。

④ 嵇康：汉末"竹林七贤"之一，生活贫苦，曾与向秀一起锻铁。锻灶：熔铁的炉灶。堪：能。

⑤ 闼(tà)：门。洞：深。樊重：东汉南阳人，光武帝舅父，宅第中有重堂高阁，很阔气。

⑥ 墀(chí)：台阶。青琐(suǒ)：刻在门上青色连环形花纹。王根：汉成帝的舅父，封曲阳侯，所住宅第很豪华。

⑦ 弊庐：破房子。寂寞：寂静。人外：在人世之外。

⑧ 聊：依靠。拟：模仿，做。伏腊：夏天的祭祀为伏，冬天的祭祀为腊。

⑨ 晏婴：春秋齐国大夫。他的住宅紧靠市场，齐景公想给他换个住处，他辞谢说："小人近市，期夕得所求，那是小人之利，我怎敢麻烦邻里众人？"

⑩ 潘岳：西晋著名作家。他住在洛阳时曾作《闲居赋》，其中说他的宅院"背京溯伊，面郊后市"。面：面对。适：舒适，享受。

⑪ 戒露：鹤性情机警，露水滴在草叶上发出声响，鹤即高鸣报警，所以称"戒露"。轮轩：指车乘。据《左传》记载：卫懿公好鹤，有时鹤随人乘车。

⑫ 爰(yuán)居：海鸟名。《国语》记载：海鸟爰居在鲁国东门外停留三天，臧文仲让人们祭祀它。有人说，海上定有灾难，海鸟都知道躲避啦！果然这年海上风大，冬季水暖。钟鼓：祭祀时敲钟鸣鼓，这是说臧文仲不知道爰居是来避难的，却加以祭祀。这两句暗比西魏北周给自己加官。

⑬ 陆机：陆机本是吴国人，吴亡后，与弟陆云到洛阳归顺晋

国。两人同住参佐廨（xiè）三门屋内，一个住东头，一个住西头。韩康：即韩伯，字康伯，是殷浩的外甥。殷浩平时喜爱韩伯，就搬来住在一起。

⑭ 蜗角蚊睫：形容居住狭小。蜗角，蜗牛的角。《庄子》里说：触氏把国家建在蜗牛的左角上，蛮氏把国家建在蜗牛右角上，两国争地经常打仗。蚊睫，蚊虫的眼睫毛。《晏子春秋》记载：东海有虫筑巢在蚊睫，飞来飞去，蚊虫不惊动。足相容：足够容身。

⑮ 尔乃：于是。窟室：屋子破败有洞。聊：凭借。凿坏：坏，土坏。《淮南子》记载，鲁君想让颜阖做国相，颜阖不肯，凿开屋后土墙逃跑了。

⑯ 桐：桐树。

⑰ 珠柱：琴以珠宝为弦柱。名：命名。玉杯：书名，西汉董仲舒《春秋繁露》中有《玉杯》篇。

⑱ 棠梨：馆名，在汉甘泉宫内。酸枣：县名，在今天的河南延津，城西原有韩王望气台。这两句是说，园中有梨有枣而无馆台。

⑲ 犹得：还得。欹（qǐ）侧：倾斜的山坡。

⑳ 蒙密：茂密。

㉑ 翳（yì）：遮蔽。雉（zhì）：野鸡。罗：网。

㉒ 枝格：树木的长枝条。

㉓ 篑（kuì）：古时盛土的筐子，这里形容山丘之小。堂坳（ào）：屋子大小的平地。

㉔ 狸（lí）：野猫，山猫。并窟：同住在一个洞里。乳鹊：幼鹊。重巢：指两鹊同巢。

㉕ 连珠细茵：如珠的细草连铺于地。茵：铺。匏（páo）：葫

芦。据说,陆机初到洛阳,去拜访刘道真,刘道真没有别的话,只问:"东吴有长柄葫芦,你带种子来了吗?"庾信引此以寄托乡思。

㉖ 疗饥:止饿。栖(qī)迟:停留休息。

㉗ 崎岖:高低不平。穿漏:漏雨。茅茨:茅草房。

㉘ 直倚:直身而倚。妨帽:妨碍帽子,形容屋檐低。平行:平身而行。碍眉:碰着眼眉,形容门矮。

㉙ 坐帐无鹤:化用介象的故事,说身边没有鹤来,无法回到故乡。《神仙传》记载:介象是会稽人,受征来到武昌,吴王给他立宅供帐。后介象假死,真身回到建邺,吴王得知此事,打开棺材查看,里面只有一条符语。吴王想念他,为他立庙,座上常有白鹤飞来飞去。作者引用这个典故,是说自己虽然受到北朝的优宠,却无仙术可归南朝。支床有龟:床下垫有神龟,无法离开长安。《史记·龟策列传》记载:南方老人用龟支床足,过了二十多年,老人死了,移开床,龟还活着。作者引此说明自己将要长居北方,老死他乡。

㉚ 闲暇:悠闲自在。四时:四季。

㉛ 历陵枯木:历陵故城在今天的江西九江。据说历陵多樟树,年久中枯。这里作者是说自己的心已如枯木。发(fà):头发。睢(suí)阳乱丝:睢阳,春秋时宋地,在今天的河南省。墨翟是宋国人,见素丝被染色曾不胜感叹。这里由染丝联想到发丝。作者借此说自己因忧愁发如白丝。

㉜ "非夏日"两句:意思是说,自己的悲愁既不同于夏日的可畏,也不同于秋天的可悲,而是一年四季都有哀愁。

㉝ 三竿两竿:指竹的三株两株。

㉞ 荫:遮盖。蓍(shī):一种草,古代常用蓍草茎占卜。《史

汉魏六朝赋

记·龟策列传》记载:"蓍生满百茎者,其下必有神龟守之,其上常有青云覆之。"金精:九月上寅日采的菊花。养:生养。

㉟ 梨酢(cù):酢,同"醋",有酸味的梨。桃榹(sī):山桃。李薁(ào):山李。

㊱ 狂花:飞花。

㊲ 野人:山野之民。《高士传》载:汉桓帝出游,到了沔水,百生争相看。有一老父耕作不停。官员前去质问,老父说:"我野人也,不达斯语。"愚公之谷:《说苑》载:齐桓公出外打猎,追赶鹿进入山谷。见一老人,问:"是为何谷?"老人回答:"为愚人之谷。"桓公问:"何故?"老人说:"以臣名之。"

㊳ 偃息:闲居。茂林:繁茂的树林。抽簪(zān):散开头发,指弃官不做。

㊴ 无水而恒沉:无水而沉,叫做陆沉,指避开官场而隐居起来。恒沉:永远隐居。

㊵ 负锄:扛着锄头,指种田人。相识:相见。披裘:穿着皮裘衣服,指打柴人。《高士传》载:披裘公是吴国人,延陵季子出外打猎,看见道路上有丢失的钱,回头对披裘公说:"快拣起那钱来!"披裘人扔下镰刀生气地看着季子说:"你为什么那样高的官看人低呢,我五月披裘打柴,难道还用捡钱吗?"寻见:被找到,看得见。

㊶ 葛洪:东晋人,著有《金匮药方》,这里指行医的人。京房:汉代人,善占卜。卜林:善于占卜的人。

㊷ 忘忧:草名,据说吃了这种药草可以忘掉忧愁。长乐:花名。这两句说,作者身居北朝没有忘忧,也没有长乐之意。

㊸ 鸟何事而逐酒:《庄子》记载:海鸟飞到鲁国郊外,鲁侯正

在社庙祭祀,海鸟看着看着也忧悲起来,不敢吃一块肉,不敢饮一杯酒,三天后死了。庾信借此意表达内心之忧。何事:什么心事。鱼何情而听琴:《韩诗外传》记载:过去俞伯牙弹琴,深水里的鱼都跃出水面来听。

㊹加以:再有。异令:节令不同。乖违德性:违背自己的生性。

㊺崔骃(yín):汉代时窦宪任车骑将军,崔骃是他的属员。窦宪骄侈,崔骃多次进谏,窦宪不容崔骃,把他派到一个偏远的地方任地方官,崔骃不愿意去,最后忧郁而死。吴质:三国时魏国文学家,与曹氏兄弟友好,以曹丕为知己。曹丕死了以后,作《思慕诗》以寄哀思,后不久忧闷而死。

㊻镇:压。宅神:住宅之神。薶(mái):同“埋”。传说住宅四角埋上石头可以使家里无鬼。厌:通“压”。山精:山中的精怪。传说山中精怪常假托人形,但唯独不能在镜中显形。入山道士常在身后背一面明镜,精怪不敢近身。

㊼庄舄(xì):越人,在楚国做官,病中思念故乡,仍发越音。吟:叹息声。魏颗:春秋时晋国人,魏犨(chōu)之子。《左传》载:“魏武子有嬖妾,无子。武子疾,命颗曰:‘必嫁是。’疾甚,则曰‘必以为殉。’及卒,颗嫁之,曰:‘疾甚则乱,吾从其治也。’”这句是说,自己因为悲愁疾病,几乎像魏武子那样,到了昏乱程度。

㊽薄晚:傍晚。

㊾王霸:汉代隐士,其妻亦志行高洁。当初王霸与令狐子伯是好友。后来子伯做了楚国的宰相,让他的儿子带着书信来见王霸。令狐的儿子有许多车马跟随,显得很富,神态雍容。王霸的儿子正在田里干活,听说有宾客来了,放下农具回家,见了令

狐的儿子，惭愧沮丧，不敢正眼看人。王霸因为他儿子蓬头垢(gòu)面，又不知礼节，惭愧得卧床不起。王霸的妻子责怪王霸，应该保持高洁，不慕名利。王霸反笑而起。梁鸿：汉代的隐士，娶孟光为妻。孟光开始穿着华丽的衣装入门，过了七天，梁鸿不理孟光，孟光改为椎髻，换上布衣，梁鸿才高兴起来。

(50) 燋：同“焦”。

(51) 骚骚：风吹树枝轻轻摇动的样子。惨惨：光线暗淡。

(52) 空仓：指谷仓里没有粮食。晋诗有“空仓鹊，常苦饥”之句，讲群雀对着空仓噪叫。懒妇：古俗语有“促织鸣，懒妇惊”之句。促织即蟋蟀，因蟋蟀鸣叫与蝉相似，所以这里称“蝉嘶”。

(53) 昔：指作者在梁作官时。草：比喻自己如同无用的小草。滥于吹嘘：这里指滥竽充数的故事，说自己无才滥受重用。籍：同藉，凭借。文言：文章。余庆：多福。

(54) 门有通德：孔融为相，深敬郑玄，为郑玄家筑路修门，名为通德门。作者以郑玄比自己的父亲庾肩吾。家承赐书：东汉班彪与兄斑嗣一起游学，家有皇帝赐书。作者以此比其父和伯父都有文名。

(55) 玄武：宫阙名。观(guàn)：宫阙。凤凰：汉宫中的宫殿名。墟：处所。

(56) 釐(xī)：祭祀后余下的肉。宣室：宫室名。赋《长杨》：汉代扬雄曾作《长杨赋》讽谏皇帝。直庐：宫中值宿的地方。以上四句写作者自己在梁宫廷中所受的知遇之恩。

(57) 山崩川竭：山峰崩陷，河水枯竭。古时认为这是亡国的征光，这里指侯景之乱。冰碎瓦裂：指国家破碎。大盗潜移：指建业遭侯景之乱，梁元帝迁至江陵，庾信跟着到了江陵。长离永灭：指梁朝灭亡。长离，星名。

⑧ 直辔（pèi）：径直驾车。摧：毁。三危：山名。九折：九折坂，山名。这两句说，国家多难，自己还视若坦途，结果遭到毁灭。

⑨ 荆轲：战国时燕人，为燕太子丹刺杀秦王，太子丹在易水边为他饯行，荆轲悲歌："风萧萧兮易水寒，壮士一去兮不复还。"苏武：西汉时人，他出使匈奴，匈奴要他投降，他不屈服，到北海放羊十九年，后被释归汉。李陵跟他告别时，赠诗有"欲因晨风发，送子以贱躯"之句。

⑩ 关山：即汉乐府中的《关山月》曲，多离别凄凉之调。陇水：古乐府《陇头歌辞》中，有"陇头流水，鸣声幽咽，遥望秦川，肝肠断绝"之句，这两句说自己留在西魏时有思乡之情。

⑪ 龟言：传说苻坚建元十二年（376 年），高陆县民挖井时，得一大龟，背上有八卦古字。苻坚把它养起来，十六年以后死了。用龟骨卜问吉凶。大卜佐高梦见两龟说话："我本将归江南，遭时不遇，殒命秦庭。"鹤讶：晋太康二年（281 年）冬天，南州人在大雪天见只白鹤在桥下说话："今兹寒，不减尧崩年也。"

⑫ 百灵：即"百龄"，指人的一生。倏忽：迅速。光华：年华。

⑬ 雪：洗除。雁门之踦（yǐ）：据史书记载：汉朝人段会宗在雁门做官时，因犯法被断去一只脚，后任都护，年老时，谷永曾与信劝他，不必求奇功，"亦足以雪雁门之踦。"踦：一只脚，指断足之耻。鸿陆之远：鸿鸟起飞于陆地，征途极远。《易·渐卦》："鸿渐于陆，夫征不复。"

⑭ 淮海：《国语·晋语九》："雀入于海为蛤（há），雉入于淮为蜃（shèn）……惟人不能，悲夫！"蛤，青蛙一类的动物。蜃，大

蛤蜊。这句说作者自己不能像雀雉入淮海那样变化,身不由己。金丹:《抱朴子·金丹》:"九转之丹者,封涂于土釜中,糠火先文后武,其一转至九转,迟速各有日数。"这句是说作者自己不能像金丹那样转化。

⑥ 暴骨于龙门:传说大禹治水时,凿断龙门山挡住了黄河,河水从山间流下。鱼如能跃上龙门即化为龙,登不上去即"点额暴腮而返"。低头于马坂:据《战国策·楚策》记载,千里马拉着盐车上太行山,走到中坂这个地方上不去了。伯乐下车哭它,并解下麻衣给它盖上。这两句是说,自己被扣在北方,不能像鱼那样尽死节,而遭到像千里马不能过中坂那样的耻辱。

⑥ 谅:料想。天造:天道。昧昧:昏暗。嗟(jiē):叹。生民:人民,百姓。浑浑:糊涂不懂事理。

译过来

在一根树枝上,巢父得到了安身之处;在小小的水壶里,壶公有了容身之所。何况管宁那张梨木榻,虽已破损但仍可坐;嵇康锻铁的炉灶,虽已很热但仍能眠。何必要有精细雕花的门窗,像西汉王根的庭院那样。我只有几亩破旧的院落,寂静地处在尘嚣之外,姑且靠它度过酷暑,躲避风寒。即使像晏婴那样住在闹区,但不去追求个人的私利;像潘岳那样面城而居,却为的是享受闲居的乐趣。况且黄鹤只为警报露降,并无心要乘轩车;海鸟避风东门,本无意享受钟鼓祭祀。陆机陆云兄弟同住,殷浩韩伯男甥共居。即使在蜗牛的两角和蚊虫的睫毛立身,也是可以互相容纳的啊。

于是在有洞的破屋里徘徊,像颜阖那样逃走时不用再凿墙壁。桐树间露水落地,柳树下有风吹来。琴声发自弦柱,著书取名玉杯。虽有棠梨却无馆阁,富产酸枣却无台榭。只有倾斜的山坡八九丈长,纵横数十步宽,榆柳三两行,梨树百余株。拨开茂密的树木可以看见窗户,在倾斜的山坡可以找到小路。鸣蝉有树叶遮蔽不会惊飞,野鸡没有罗网什么也不惧!草和树错杂生长,树木枝枝相交。山小得像一筐土,平地也只有屋子般大小。隐藏的野猫不得不同住一洞,幼小的喜鹊只能两个同巢。如珠的细草连铺于地,长柄的葫芦挂在藤上。可以靠它来充饥,也可以在架下歇息。南低不平的狭室地面,雨水滴漏的茅草屋顶。屋檐低矮得直身会碰到帽子,平身前行会碰到眉稍。坐卧有帐但无鹤来,睡觉支床却有龟石。鸟儿悠闲自在,花随四时而开。心像历陵的枯树,发如睢阳的白丝。处境堪忧,虽非夏日也有畏惧,不是秋天也很可悲。

池中有一寸二寸的游鱼,园中有三棵两棵的青竹。草丛上云气笼罩,秋菊在九月生成金精。酸枣醋梨到处见,山桃山李长满树。落叶半床,飞花满屋。取名野人之家,或叫愚人之谷。尝试在密林中闲居,因为很久便羡慕归隐。虽有门但长久关闭,实无水却永久沉潜。与三春扛锄的农夫常常相见,五月打柴时也有披裘公来相寻。向葛洪询问药性,访京房探讨卦理。但忘忧草不能使人忘忧,长乐花不能使人长乐。海鸟何事而饮酒,池鱼何情而听琴?

再有南暖北寒节令不同,违背我生活的习性。崔骃因为忧郁而死去,吴质因为愁闷而成病。镇宅神而埋巨石,压山鬼而负明镜。多次为庄舄病中的越音打动,几次像魏颗那样送了性命。

傍晚时家人相聚,老幼相携。子如王霸蓬头之子,妻如梁鸿椎髻之妻。两缸成熟的新麦,一畦越冬的秋菜。树高高而风摇动,云低低而天暗淡。鸟雀聚在天空噪叫,蝉儿的嘶鸣惊醒懒妇。

从前很粗疏却受到滥吹滥捧,凭借文章而获得福禄。祖辈有高士,父辈有文名。有时陪伴玄武宫,有时参见凤凰殿。宣室观看宫中祭品,直庐作赋侍从皇帝。不料山崩河干,国家如冰碎瓦裂。大盗作乱,国都迁移,南方时的长离星永远熄灭。如同径直驾车摧毁在三危山,又像撞碎在九折山的平坦之途。荆轲赴秦有寒水边的悲歌,苏武牧羊有秋风中的诀别。听关山月曲则风月凄伤,唱陇头歌辞则肝肠断绝。乌龟言说此地太寒冷,白鹤惊讶今年好大雪。百龄之年一晃即过,青春年华已至暮年。即使不能洗除雁门断足之耻,也要常念鸿鸟远离之悲。还不如雀雉淮海能变化,也不如金丹高炉能九转。没有在龙门暴骨死节,终于在马坂低头受辱。可叹天道啊太昏暗,感叹人生啊真可悲!

帮你读

庾信这篇《小园赋》,是抒情小赋的名篇。是他羁留北朝时所作。北朝统治者倾慕他的文名,给以重任。然而高官厚禄更加深了他辱志失节之感,他思归不得,只好将对故园的深深怀念寄托在隐居的幻想之中,通过这篇赋作表达出来。

全文共分五段。第一段,表白自己退居山野的志趣。本段作者一气用了十三个典故,正反作比,想像自己能有几亩破旧的院落,寂寞地处在尘嚣之外,靠它来度过寒暑,躲避风寒。这里暗含着作者对故园的思恋,婉转地说明羁北的苦衷。因此作者

汉魏六朝赋

一再表白，只求"有容身之地"，"非有意于轮轩"，宁愿意受闲居的自由，不愿去追求什么高官厚禄。

第二段，写小园中以"窟室"为中心的环境，抒发独居之乐及内心的悲愁。"桐间露落，柳下风来"，鸟儿悠闲自在，花随四时而开，一切都自然存在。至于环境，"欹侧八九丈，纵横数十步，榆柳三两行，梨桃百余树"顺手写来跟大白话一般，字里行间可见作者舒展的心情。有树叶遮蔽蝉不惊，没有罗网雉不惧，表明作者在这里生活的安全感。所以这段读起来，一草一木，处处有情，甚至连屋顶漏雨，房檐碰帽都各自成趣，然而回到现实来想一想，小园虽好，毕竟身在他乡，"非夏日而可畏，异秋天而可悲"，思乡的愁苦便油然而生。

第三段写小园生活悠然自得，但仍不能忘忧。"一寸二寸之鱼，三竿两竿之竹"，"落叶半床，狂花满屋"，读来十分清新。通过"负锄"、"披裘"、"问葛洪"、"访京房"来写小园归隐生活之乐，情趣盎然。但触景伤情，看到小园的花草鱼鸟联想到自己，于是借草写自己"无忘忧之意"，借花写自己"无长乐之心"，借鸟写自己"无心逐酒"，借鱼写自己"无情听琴"，读来耐人寻味。

第四段写家庭生活情趣，并借且典故抒发思乡之情。作者先借"崔驷不乐"、"吴质长愁"、"庄舃之吟"、"魏颗之命"的典故表达自己思乡的感情之深，接着写小园生活的天伦之乐，"薄晚闲闺，老幼相携。蓬头王霸之子，椎髻梁鸿之妻"，一派和谐的家庭生活。但是家庭的相聚虽有乐趣，无奈"天惨惨而云低"，哀愁总是离不开自己。这里作者把景物描写与自己的生活感受糅合在一起，使人读了引起共鸣，受到感染。

第五段，回忆往事，抒发作者怀旧之情。先是回忆在南梁时

汉魏六朝赋

所受的知遇之恩。"门有通德、家承赐书"说明作者祖先有德,承蒙皇家的恩典,"或陪玄武之观,时参凤凰之墟",然而好景不长,霎时"山崩川竭,冰碎瓦裂",由于侯景之乱的破坏,自己只好违心地留在北方。接着用"荆轲"、"苏武"两个典故写出自己出使北魏被迫不归的痛苦,以"关山"、"陇水"、"龟言"、"鹤讶"来表达自己思乡欲归的心情。但空有怀乡之情,自己又不能像雀雉、金丹那样能变化,不能"暴骨于龙门",只好安于命运,而怨天道之昏暗,人生之可悲了。

　　总之,这篇赋通过写景、叙事、用典、回忆等手法,多方面地表达作者无意留北享受,时刻思念故园的感情,写的景景有情,事事伤神,感人至深。

赋体的特点

赋，作为古代一种独立文体，自有它的特点，这个特点主要就在于铺陈事物。此外，赋的结构、句式、用韵、对仗和用典也都与其他文体有着显著的区别。

"赋"字的含义就是陈述铺叙，所以赋体的名称就规定了这一文体的主要特征。铺陈在汉代散体大赋中表现最为突出。由于散体大赋篇幅过长，本书没有选入。现举枚乘《七发》为例。赋中记述楚太子有疾，吴客以音乐、饮食、车马等事启发他，太子渐渐略有起色，最后又以圣人辨士的要言妙道说之，太子竟霍然而愈。全篇内容没有什么深意，而作者却倾全力于七件事中的声色犬马、游观声伎、车骑田猎等等的铺陈描写，具体细微而夸张。再如司马相如的《上林赋》，细腻夸张地描写上林苑的水势、山形、虫鱼、鸟兽、草木、珠玉、宫馆等景物和皇帝在苑中田猎、宴乐等情况。可以说上述二赋都极尽其铺陈夸张之能事。

本书所选不少赋篇，也都能看出赋运用铺陈手法的特点。像曹植的《洛神赋》，记述作者离开京城回封地，过洛水时遇洛神的情景。作品对洛神的情况、体态、容貌、服饰和举止作了细致的描写，与前人直接描写不同，而是使用了一连串奇异生动的比喻，对洛神初临时的情况作了精彩纷呈的铺陈："其形也，翩若惊鸿，婉若游龙，荣耀秋菊，华茂春松。仿佛兮若轻云之蔽月，飘飘兮若流风之回雪。远而望之，皎若太阳升朝霞；迫而察之，灼若芙蕖出绿波。"形象鲜明,色彩艳丽,令人目不暇接。

　　而鲍照在《芜城赋》中,描写毁于兵乱的广陵古城的破败荒芜的景象,读来令人怵目惊心,凄神寒骨。"泽葵依井,荒葛罥涂。坛罗虺蜮,阶斗麏鼯。木魅山鬼,野鼠城狐。风嗥雨啸,昏见晨趋。饥鹰厉吻,寒鸱吓雏。伏暴藏虎,乳血飧肤。崩榛塞路,峥嵘古馗。"作者的铺陈夸张的描写,紧紧扣住一个"芜"字。

　　赋的铺陈手法多种多样,有的直接陈述,面面俱到,以求穷形尽相,有的借助夸张、类比、排句、用典等多种修辞手法。但不管何种铺陈,都要靠丰富的辞藻和华丽的文采。

　　从结构上看,赋体一般分为三部分。前面有序,中间是赋文,后面有"乱"或"讯"。序说明作赋的原因,"乱"或"讯"大多概括全篇大意。"乱"或"讯"的形式是受楚辞影响,如贾谊的《吊屈原赋》。后来已不再用"乱"或"讯"。赋的序一般不用韵,只是把作赋的原因或背景交代一下而已。如向秀的《思旧赋序》、陆机的《叹逝赋序》等,都是如此。

　　有的赋用主客对答形式,其开头与结尾多用散文,赋本身就分三部分,开头近似序,结尾近似"乱"或"讯"。如谢庄的《月赋》,开头写陈王闲居忧闷,看见明月在天,想起《诗经》中的咏月篇章,于是命仲宣赋月。这实际上是交代了背景,当然这不过是作者的假设而已。

　　赋的句式与诗、骚不同。诗以四言为主,骚一般为六言,或加"兮"字成为七言。赋则字数不拘,多以四言六言为主,常常加杂散文句式,而诗、骚基本上没有散句。在句与句之间,赋常常用连接词语,而诗、骚很少有这种现象。如赵壹的《刺世疾邪赋》,基本上是四六言,但五言也不少,甚至七言八言九言乃至十言的句式都有。又如江淹的《别赋》在句与句、层与层之间用"况"、"复"、"故"以及"至若"、"乃有"、"或乃"、"至如"、"又若"、"是以"等等来连结。赋的这种字数不拘、句式多变的形式，更便于抒情。

赋是散韵结合的一种文体，少数通篇有韵，但赋的用韵要比诗、骚更灵活。曹植的《洛神赋》虽然通篇有韵，开头对话又夹杂许多散句。赋的用韵很少有一韵到底的，中间换韵比较频繁而自由。

对仗是赋体的又一个显著特点，尤其到了六朝时期，骈偶已成为风尚。对仗、对偶、骈偶意思相同，要求上下两句字数相同，对应的词语词性一样，有的还有字音字义的要求。对仗句读起来比较上口。对仗在汉赋中就有，在本书所选的几篇汉赋中都可以找到，只是对仗得还不够严格齐整。魏晋时渐趋整炼。如王粲的《登楼赋》："北弥陶牧，西接昭丘。华实蔽野，黍稷盈畴"，"钟仪幽而楚奏兮，庄舄显而越吟"；潘岳的《秋兴赋》："野有归燕，隰有翔隼"，"蝉嘒嘒而寒吟兮，雁飘飘而南飞"；陶渊明的《归去来兮辞》："木欣欣以向荣，泉涓涓而始流"等等，说明到了南北朝时期，骈偶成风，更加讲究。如江淹的《别赋》整段都是对偶句，而且避免同字相对，再如庾信的《小园赋》："桐间露落，柳下风来。琴号珠柱，书名玉杯"，"黄鹤戒露，非有意于轮轩；爰居避风，本无情于钟鼓。"作者骈文娴熟，几乎全文句句对偶，语句错落有致，不愧骈体名篇。

用典是赋体的又一特色。用典和对仗几乎是同步发展起来的。用典就是在赋句中使用典故词语。汉赋中已开始用典，但不多。如《吊屈原赋》中的"随夷"、"跖蹻"；《归田赋》中的"蔡子"、"唐生"。魏晋时用典多了起来,到了六朝,用典就更加繁盛起来。如江淹的《别赋》用"韩国赵厕"、"吴宫燕市"、"桑中卫女"、"上官陈娥"等许多典故。庾信的《小园赋》中的典故多,如"巢父"、"壶公"、"管宁藜床"、"嵇康锻灶"、"兄弟同居"、"舅甥不别"等等三四十个典故。庾信用典铺陈毫无堆砌之感,自然贴切,意味深长。

汉魏六朝赋体的以上特点,对后来的诗词和散文的发展都有很大影响。

图书在版编目（ＣＩＰ）数据

汉魏六朝赋/傅璇琮主编． —济南：泰山出版社，
2007.4 （阅读中华经典）
ISBN 978－7－80634－581－8

Ⅰ.汉…　Ⅱ.傅…　Ⅲ.①汉赋—青少年读物②赋
—作品集—中国—魏晋南北朝时代—青少年读物
Ⅳ. I222.4

中国版本图书馆 CIP 数据核字（2006）第 138640 号

主　　编　傅璇琮
编　　著　卢世民　肖玉峰
责任编辑　葛玉莹
装帧设计　胡大伟

阅读中华经典

汉魏六朝赋

出　　版　泰山出版社
社　　址　济南市马鞍山路 58 号　邮编　250002
电　　话　总编室（0531）82023466
　　　　　发行部（0531）82025510　82020455
网　　址　www.tscbs.com
电子信箱　tscbs@sohu.com
发　　行　新华书店经销
印　　刷　沂水沂河印刷有限公司
规　　格　150×228mm　16 开
印　　张　11.25
字　　数　110 千字
版　　次　2007 年 4 月第 1 版
印　　次　2015 年 12 月第 3 次印刷
标准书号　ISBN 978-7-80634-581-8
定　　价　18.50 元